CHERETA
ENFRENTA OS CLÓVIS

HÉLIO DO SOVERAL

Pesquisa, organização, notas e posfácio:
LEONARDO NAHOUM

Copyright© 2024 Vanessa Trigo
Copyright© 2024 do posfácio e notas: Leonardo Nahoum

Todos os direitos dessa edição reservados à editora AVEC.

Nenhuma parte desta publicação poderá ser reproduzida, seja por meios mecânicos, eletrônicos ou em cópia reprográfica, sem a autorização prévia da editora.

Editor: Artur Vecchi
Organização, pesquisa, notas e posfácio: Leonardo Nahoum
Projeto Gráfico: Vitor Coelho
Ilustração de capa: Tibúrcio
Diagramação: Luiz Gustavo Souza
Revisão: L. N. Pache de Faria

1ª edição, 2024
Impresso no Brasil/ Printed in Brazil

Dados Internacionais de catalogação na Publicação (CIP)
(Câmara Brasileira do Livro, SP, Brasil)

S 729

Soveral, Hélio do.

Chereta Enfrenta os Clóvis / Hélio do Soveral; organizado por Leonardo Nahoum. – Porto Alegre : Avec, 2024.

ISBN 978-85-5447-232-0

1. Literatura infantojuvenil
I. Nahoum, Leonardo   II. Título

CDD 028.5

Índice para catálogo sistemático: 1. Literatura infantojuvenil 028.5
Ficha catalográfica elaborada por Ana Lúcia Merege — 4667/CRB7

Caixa Postal 7501
CEP 90430-970 — Porto Alegre — RS

contato@aveceditora.com.br
www.aveceditora.com.br
 @aveceditora

CHERETA
ENFRENTA OS CLÓVIS

HÉLIO DO SOVERAL

Pesquisa, organização, notas e posfácio:
LEONARDO NAHOUM

Chereta contra a Coulrofobia

Teria o maior escritor de histórias de terror do mundo lido este livro de Hélio do Soveral? Essa possibilidade envolve uma boa dose de imaginação, mas estamos falando aqui de dois mestres dessa arte.

Hélio do Soveral escreveu *Chereta enfrenta os Clóvis* aproximadamente uma década antes de Stephen King lançar uma de suas obras-primas, *It*. No livro de King, um grupo de garotos resolve enfrentar um horrível palhaço sobrenatural chamado de Pennywise. Ele explora o traço de **Coulrofobia** (medo de palhaços) que provavelmente todos carregamos.

Neste livro de Hélio do Soveral, três "Clóvis" – palhaços ameaçadores, vestidos com roupas chamativas – matam brutalmente um quarto colega. O crime acontece na praia do Grumari, no Rio de Janeiro, e o delegado Amaral encontra dificuldades para identificar os criminosos mascarados.

É aí que entra em ação Chereta, o "maior detetive da paróquia", que não tem medo de palhaço nem de coisa alguma. Ele finge para os pais que está fazendo meditação e sai a campo para investigar o crime ao lado de seu amigo Domingão, que serve como uma espécie de seu Watson particular.

Soveral foi o maior mestre da ficção policial brasileira – prova disso é o enorme sucesso do seu Teatro de Mistério, apresentado no país inteiro pela Rádio Nacional. Ele também se tornou um dos mais prolíficos autores de literatura juvenil, e deixou seu nome marcado em séries como *A Turma do Posto 4*. Ele reúne essas duas habilidades na série *Chereta*, que começou em 1974 com *Chereta e o Navio Abandonado* e terminou no 12º volume, este *Chereta enfrenta os Clóvis* – que permaneceu inédito até agora.

Além da história policial em si, este livro vale pelo retrato de um Brasil do fim da década de 1970, quando a televisão a cores estava sendo implantada e as pessoas diziam gírias como "muamba", "lalau" e "grilo".

Os "Clóvis" de Hélio do Soveral não provocam tanto medo quando o Pennywise de Stephen King. Em compensação, neste romance você encontra a alma do brasileiro de décadas atrás, em pequenos detalhes que se perderam no tempo. Alma que Soveral, de origem portuguesa, soube compreender tão bem.

Dagomir Marquezi

CAPÍTULO I

CRIME COM MÁSCARA

— Olha o Clóvis! — gritou um garoto, à porta de uma casa da Estrada da Capoeira Grande. — Aí vem o Clóvis! Aí vem o Clóvis!

Toda a Pedra de Guaratiba estava em silêncio, como que adormecida, sob o sol quente de fevereiro. Poucas pessoas andavam pela rua. De repente, estourou um tremendo alarido! Um bando de mascarados, que despontara na esquina da Estrada do Catruz, correu atrás do menino.

— Pega! Pega! Pega!

Eram nove figuras impressionantes, algumas altas e outras baixinhas, armadas com bexigas de boi, cheias de ar, penduradas na ponta de sarrafos de madeira. Todas elas usavam a mesma fantasia: um macacão de cetim azul e branco, um bolero[1] verde, bordado com lantejoulas, e uma máscara de caveira, branca com pinturas pretas e buracos para o nariz, os olhos e a boca. Suas cabeleiras hirsutas[2] eram feitas de ráfia[3] amarela.

— Pega! Pega! Pega! — gritavam os foliões, com voz de falsete.

O garoto recebeu algumas lombadas com as bexigas, antes de entrar no quintal e fechar o portão.

— O que foi? — perguntou uma voz de mulher, dentro da casa. — Que gritaria é essa, Chiquinho?

— É o Clóvis, mamãe! — respondeu o garoto, ainda trêmulo de susto.

— Esses mascarados do diabo! — resmungou a mulher. — Entre pra dentro, menino! Eu não quero você metido com o Clóvis! A polícia devia acabar com essa brincadeira de mau gosto!

Entretanto, o bando de foliões continuava a correr, pela estrada, obrigando todos os moradores a fecharem as portas e as janelas.

— *Olhali* um cachorro! — gritou uma voz infantil, saída de trás de uma das máscaras de palhaço. — Pega o cachorro! Pega!

E as bexigas cantaram em cima de um pobre cão sem dono, que ia passando pela rua. O animal soltou uns ganidos desesperados e embarafustou[4] por um terreno baldio, para se livrar da perseguição.

Ao chegarem à esquina da BR-101, os mascarados se separaram. Quatro deles dobraram à direita, enquanto os outros cinco seguiam para a esquerda, na direção de Santa Cruz. Um ônibus passou, mas não atendeu aos sinais dos cinco foliões. Pelo contrário: aumentou a velocidade, para escapar do "assalto" de tão estranhos passageiros.

1 Nota do Org.: Pequeno casaco curto.
2 Nota do Org.: Farta, cheia de pelos.
3 Nota do Org.: Tipo de tecido.
4 Nota do Org.: Entrar de maneira afoita, impetuosa.

Os outros quatro mascarados seguiram pela larga rodovia, até próximo do rio Piraquê. Nessa altura, desceram para a esquerda, caminharam mais alguns metros, pelo capim, e chegaram a um capão de mato, onde havia um pequeno veículo estacionado.

— Vamos até lá — disse um dos palhaços, com sua voz natural. — Metade da muamba será sua, Nelsinho. Também acho que você merece.

Os quatro entraram no carro — um bugre amarelo com listras pretas, e que só tinha lugar para dois. O mascarado que falara sentou-se ao volante e os outros se acomodaram ao lado e atrás dele. Assim carregado, o pequeno automóvel partiu, aos solavancos, para a rodovia asfaltada.

— Só quero ver — resmungou um dos palhaços, sentado nas costas do motorista.

— Você verá — retrucou a voz feminina de um dos outros foliões.

O bugre atingiu a Estrada Rio-Santos e dobrou à esquerda, descendo na direção da Estrada da Barra de Guaratiba. Minutos depois, dobrava à direita, tomando a Estrada do Pontal, rumo à Estrada do Grumari. Continuou a corrida, por este último logradouro, ultrapassou a Lagoa Feia e foi parar à beira da Praia de Grumari. Não havia nenhum outro carro, naquele local deserto, e só um banhista se encontrava na areia, mas a uma grande distância.

— É logo ali — disse o mascarado alto e magro que dirigia o bugre.

Os quatro saltaram e se encaminharam para a praia. Ao largo, um barco boiava, nas ondas, com um pescador solitário.

— Cuidado, Dudu! — advertiu a voz feminina.

— Não tem perigo — rosnou o mascarado alto e magro. — Aquele careta está longe demais. Ele não vai ver nada.

Continuaram a andar pela areia grossa e chegaram a umas pedras limosas, que formavam uma espécie de caverna.

— É aqui — disse o mascarado mais baixo e parrudo.

— Sim, é aqui mesmo — confirmou o mais alto. — Pode entrar, Nelsinho.

Um dos palhaços se adiantou, cautelosamente, para a boca da caverna. Quando ele virou as costas, seus três companheiros ergueram os sarrafos com as bexigas e soltaram o mesmo grito de guerra:

— A hora é essa!

E começaram a malhar o palhaço distraído. Este ainda tentou se defender, com o seu varapau e a sua bexiga, mas era um combate desigual. Um dos golpes dos agressores o atirou de costas, na areia. Mas as pancadas continuaram a chover em cima dele, cada uma mais feroz do que a outra! Aquilo já não era mais uma surra, era um crime de morte!

Ao largo, dentro do seu barquinho, o pescador solitário percebeu aquele movimento insólito, na areia da praia. Olhou atentamente para o local e viu as três figuras carnavalescas, batendo violentamente em qualquer coisa caída a seus pés. Alarmado, o pescador recolheu o caniço, pegou nos remos e fez o caíque deslizar pelas águas serenas. Na entrada da caverna, a agressão continuava.

— Chega! — ordenou o mascarado mais alto e magro. — Ele já está liquidado! Vamos dar o fora daqui!

No justo momento em que os três assassinos correram de volta para o bugre, deixando atrás deles o corpo de sua vítima, o pescador chegava à areia e saltava de dentro do barquinho.

— Ei! — gritou ele. — Que aconteceu?

Mas os três palhaços já estavam longe. O pescador só pôde ouvir o ruído do motor de um carro, que se afastava em alta velocidade. Então, baixou os olhos para o que estava caído na areia vermelha e pôs-se a soltar gritos de pavor:

— Mataram o Clóvis! Socorro! Mataram o Clóvis!

Era um sábado de carnaval, à uma hora da tarde...

CAPÍTULO II

A DOCE MILU

Domingo de carnaval. Por volta das onze da manhã, quando a maioria dos jovens já tinha saído de casa para brincar nas ruas, Maria de Lourdes Amaral estava sentadinha, num sofá da sala do modesto bangalô onde morava, no nº 27 de uma rua próxima da Praça Professor Sousa Araújo, na Barra da Tijuca. Milu era filha única do Dr. Jorge Amaral, o delegado de polícia da 16ª DP[5] da Barra. Imaginem uma menina de 15 anos de idade, muito branca, magra como uma tábua de passar roupa e dentuça como um limpa-trilhos, de cabelos ruivos cortados curtos, olhos castanhos e ingênuos, narizinho arrebitado, óculos de grau e pés metidos para dentro... Pois aí têm vocês a "Milu do 27"! Suas virtudes eram reconhecidas por toda a vizinhança, e algumas pessoas chegavam a achá-la tão

---

[5] Nota do Org.: Delegacia de Polícia.

meiga, dócil e obediente, que até a julgavam chata e moloide.[6] Mas, como veremos mais adiante, Milu não tinha nada de boba. Ela era, isso sim, uma grandíssima sonsa!

— Mãezinha? Estou tão preocupada! Papai está demorando tanto! Será que aconteceu alguma coisa, lá na delegacia?

Dona Helena, a mãe de Milu, saiu da cozinha, esfregando as mãos no avental. Era uma senhora gorda e indulgente,[7] que adorava a filha.

— Não se preocupe, meu anjo. Papai já está chegando. Agora, pare um pouco de estudar, criatura! Você não larga esse compêndio de Matemática! Estudar tanto assim também é exagero, puxa vida!

A menina fechou o livro que tinha no colo, tapando o pedaço de papel onde escrevera um endereço que ouvira, nessa manhã, num jornal falado da Rádio Nacional.

— Sim, mamãe. Já parei de estudar. Mas a senhora sabe que eu adoro Matemática! Não é à toa que sempre tiro nota dez nessa matéria. É tão bacana a gente saber das coisas!

Quanto a isso era verdade. A doce "Milu do 27" era muito aplicada nos estudos, justamente porque não era boba e sabia que a cultura também a ajudava nos seus macetes...

— Estou acabando de preparar a bacalhoada à portuguesa — disse, ainda, dona Helena. — Você quer me ajudar a ir pondo a mesa? Garanto-lhe que seu pai não demora. Ele já telefonou da delegacia.

— Sim, mãezinha. Eu faço tudo o que a senhora mandar...

E lá foi ela ajudar a mãe nos afazeres domésticos. Que encantadora mocinha! Pôs a mesa, com grande capricho, e voltou a se sentar, quietinha, puxando as saias para baixo, como uma menina bem-comportada. Minutos depois, um fuscão azul freou, em frente ao bangalô, e o Dr. Jorge Amaral entrou em casa, esbafori-

---

6 Nota do Org.: "Debiloide", no original; já "moloide" quer dizer "molenga".
7 Nota do Org.: Tolerante, que perdoa fácil.

do, já tirando o paletó. Mãe e filha foram ao encontro dele, para beijá-lo e perguntar pelo motivo do seu afobamento.

— Não posso me demorar — disse o gordo delegado. — Estamos empenhados numa investigação e não quero me ausentar muito da delegacia! Como está esse bacalhau?

— Maravilhoso! — respondeu Milu, antes que dona Helena abrisse a boca. — Delicioso, como todas as iguarias que a mamãe faz! Agora, esqueça as suas investigações, paizinho. O senhor não sai da delegacia! Trabalhar tanto assim também é exagero, puxa vida!

Dona Helena ficou de boca aberta. Foram para a mesa e começaram a almoçar. A empregada Maria serviu os pratos.

— O rádio deu uma notícia horrível — disse Milu, cautelosamente. — Falou que teve um crime de morte na Praia de Grumari! Felizmente, essa praia não fica na Barra, fica, papai? Eu ainda estou tão impressionada!

— Hum! — rosnou o Dr. Amaral.

— Hum! — rosnou dona Helena. — Não fale em crimes de morte, Milu! Você bem sabe que eu não gosto desses assuntos! Você é uma menina muito meiga, muito inocente, e se impressiona à toa. Não quero ver você preocupada com a desagradável profissão de seu pai! Vamos falar de coisas alegres e saudáveis, está bem?

— Fica, papai? — insistiu Milu, com os olhos castanhos e ingênuos fixos no rosto redondo do delegado.

— Hum! Bem... Fica, minha filha! A Praia de Grumari fica no extremo ocidental da minha jurisdição. E, já que você falou nisso... Bem, é esse caso que nós estamos investigando! Mataram um Clóvis, ontem à tarde, na Praia de Grumari!

— Um Clóvis? — estranhou Milu.

— Um Clóvis? — ecoou dona Helena.

— Sim. Um marginal, fantasiado de Clóvis. Em todos os carnavais, esses mascarados dão um trabalho tremendo à polícia!

Chereta enfrenta os Clóvis

São uns arruaceiros! Eles se vestem de palhaço para cometerem toda a sorte de estripulias! Mas, desta vez, foram longe demais!

— O Clóvis é palhaço? — perguntou Milu, empolgada. — Que bacana, paizinho! Eu nunca vi nenhum Clóvis!

— A fantasia de Clóvis — explicou o Dr. Amaral. — é uma espécie de roupa de palhaço da Idade Média. Talvez esse nome "Clóvis" venha de "clown", que quer dizer "palhaço", em inglês. Só que os Clóvis usam uma máscara de caveira no rosto.

— E quem foi que matou esse Clóvis? — indagou Milu. — Aposto que o senhor já sabe! O senhor é o maior delegado do mundo! Não tem mistério que o senhor não elucide![8]

— Hum! Ainda não conhecemos os autores do crime, minha filha... Só sabemos que foram outros três Clóvis.

— Nossa! Quanto palhaço! Conta mais, paizinho! Conta tudo! Mamãe está vidrada no seu papo!

— Eu não! — protestou dona Helena. — Não gosto dessas histórias de crimes e criminosos! Você também não deve ouvir esses relatos impressionantes, Milu! Não gosto disso! Uma menina meiga e inocente como você só deve ouvir histórias de fadas e assistir filmes de Walt Disney!

— Ora, mamãe! Que é que tem? É só conversa. Papai é que se envolve nessas tramas sinistras; nós apenas ouvimos falar... Conte, paizinho, conte! Como foi o crime? Quem é o morto? O que é que a polícia sabe, até agora? O senhor é muito inteligente e tem que saber de mais alguma coisa! Meu paizinho é um detetive sensacional, fora de série!

O Dr. Amaral fez uma careta. Mas, como dona Helena não protestava mais, foi obrigado a continuar:

— Hum! Bem... Um pescador presenciou o crime, de longe. É a única testemunha. Ele viu três Clóvis batendo, com os seus sarrafos, num quarto mascarado. Os agressores bateram tanto

---

[8] Nota do Org.: Mesmo que "esclarecer", "explicar".

na vítima que a mataram a pancadas! Até me admira como os sarrafos não se quebraram!

— Que horror! — gemeu Milu, baixinho, sem cortar o papo do pai.

— Segundo a testemunha — prosseguiu o delegado. — os assassinos foram à Praia de Grumari num automóvel que não tinha silencioso, ou seja, um carro com o escapamento aberto, pois fazia muito barulho. Mas o pescador não viu o carro, só viu os três mascarados, fugindo do local. O morto é um conhecido contraventor de Campo Grande, chamado Nelson Pirado, e tem ficha na polícia. Deve ter sido uma rixa entre bandidos. Mas os Clóvis, que costumam sair no carnaval, fazendo bagunça, entre a Pedra de Guaratiba, Campo Grande e Santa Cruz, não pertencem a nenhuma organização. São, apenas, foliões independentes, que gostam de brincadeiras de mau gosto. Eles perseguem as crianças e os bêbedos, para lhes bater com as bexigas de boi, cheias de ar. Mas nunca chegaram ao extremo de se matarem uns aos outros! Desta vez, foi um crime de morte e os seus autores precisam ser desmascarados!

— Mas o senhor ainda não os desmascarou? — perguntou Milu, com voz doce. — Me admira muito, papai! O senhor vive desmascarando todo mundo!

O delegado suspirou.

— Não é fácil descobrir a identidade deles, minha filha. Os Clóvis não se conhecem uns aos outros. Meu colega Ismael, da 35ª DP, conseguiu encontrar um dos Clóvis, que foi interrogado, mas, aparentemente, não sabe de nada. É um jovem de boa família, chamado Alberico Corte Soberana. Ele tem um fusca envenenado, que podia ser o carro dos assassinos. Também eu o interroguei, esta manhã, e não consegui fazer com que ele caísse em contradição. Tive que soltá-lo.

— O que foi que ele disse, paizinho?

— Disse que pertence a um bloco de Clóvis, na Pedra de Guaratiba, mas não sabe quais deles cometeram o crime, se é que foram elementos desse bloco. Uns não conhecem a identidade dos outros. Que azar! Os Clóvis agem mais ao norte da cidade, mas o corpo apareceu na minha jurisdição! Se o crime fosse cometido na Pedra, era a 35ª DP que tinha que solucioná-lo. Mas, assim, sou eu quem estou esquentando a cabeça!

— E o senhor não tem nenhuma pista, papai? — insistiu a doce Milu.

— Nenhuma! Nem sequer conhecemos o móvel[9] do crime. Não foi roubo, porque a vítima estava com o relógio e a carteira com dinheiro. Também não conhecemos os amigos e inimigos de Nelson Pirado. Como todo contraventor, ele levava uma vida muito misteriosa. Estamos prendendo os bandidos de costume, mas ainda não temos provas contra ninguém. Não sei se...

— Agora, chega! — atalhou dona Helena, impaciente. — O bacalhau está esfriando! Chega de falar em coisas desagradáveis! Não pense mais nisso, Miluzinha! Você está proibida de se impressionar!

Mas a menina tinha os olhos perdidos no espaço e comia o bacalhau quase sem sentir. De repente, suspirou e disse:

— Sabe, mamãe? Fiquei tão nervosa, com essa história horrível, que resolvi fazer aquele retiro! Não quero nem ouvir falar em carnaval!

— Fazer o quê? — indagaram o Dr. Amaral e dona Helena ao mesmo tempo.

— Retiro. Vou aceitar o convite do Dr. Armando e de dona Filomena Rabanada e passar o carnaval no casarão deles, em Vila Valqueire! Ali é tão sossegado! Posso levar a motocicleta? Domingão falou que quer ir comigo, fazer retiro também... Teremos muito tempo para rezar.

Domingão era o caseiro da família Amaral — e uma das vítimas do Chereta.

---

9 Nota do Org.: Motivo, motivação.

CAPÍTULO III

O ENDIABRADO CHERETA

Domingão era um crioulo alto e parrudo, forte como um zebu, careca, vestido com uma camisa de meia branca e umas calças de brim azul. Depois do almoço, quando Milu foi ao encontro dele, no jardim do bangalô, ele estava podando as rosas de um tabuleiro.

— Oi, Domingão! Temos novidades!

O negro estremeceu e deixou cair a tesoura.

— Oh, não, Milu! Pelo amor de São Jorge! Esqueça de mim! Eu não posso! Tirei o domingo para tratar das flores e tenho muito o que fazer! Não posso sair esta noite! Não posso!

— Já falei com papai e mamãe — tornou a menina, impiedosamente. — Vamos fazer um retiro, em Jacarepaguá. Nós não gostamos de carnaval, não é mesmo? Pois as pessoas que não se ligam na folia costumam fazer retiro... É o que também vamos fazer, em casa do doutor Armando Rabanada! Ele nos convidou, mas eu não sabia se devia ir... Agora, sei! Trate de arrumar algumas roupas numa sacola, Domingão! Vamos, agora mesmo, para Vila Valqueire!

Domingão sorriu, aliviado.

— Verdade? Que bom! Pensei que fosse outra coisa... Lógico que vamos, Miluzinha! Vou me arrumar num instante!

— Não demore — acrescentou a menina, em voz baixa. — E não se esqueça de levar o *uóqui-tóqui*! O Chereta está à nossa espera!

Foi o mesmo que uma bofetada! O crioulo empalideceu e pôs-se a choramingar. Mas a menina não quis ouvir os seus protestos e também foi encher uma mala, com roupas e outros apetrechos indispensáveis à sua missão secreta...

Dez minutos depois, Milu despediu-se de Dona Helena e voltou ao quintal com uma mala na mão. O Dr. Jorge Amaral já tinha partido para a delegacia da Barra. Domingão estava à espera da menina, meneando a cabeça e esfregando desesperadamente as mãos enormes e calosas. Ao lado dele, via-se uma modesta sacola de lona. Milu tirou para fora a sua motocicleta Suzuki X-6, que estava debaixo de um telheiro, e colocou as bagagens no quadro.

Dona Helena assistia a tudo, à porta da cozinha.

— Cuidado com essa motocicleta, Milu! Dirija bem devagar e com muita atenção! Você não tem prática dessas coisas, minha filha!

— Sim, mãezinha. Pode deixar. Eu sou muito prudente.

— Não duvido disso, minha querida. Tenho toda a confiança em você!

Milu montou na máquina e fez Domingão se sentar na garupa. Depois, ligou o motor e partiu, vagarosamente. A motoca atravessou o quintal e saiu da propriedade pelo portão da frente, que Dona Helena correu a abrir. Milu acenou carinhosamente para a mãe e dirigiu o veículo, lentamente, para a Praça Professor Sousa Araújo. Domingão continuava emburrado, num silêncio de morto.

— Se agarre, Domingão! — avisou a menina, quando ficaram longe dos olhares de dona Helena. — Lá vamos nós! Uuupiii!

A motoca deu um pinote e disparou, através da pracinha, para a Avenida Armando Lombardi. Num minuto, estavam na Praça Evaldo Lodi. Atravessaram a ponte e tomaram pela Estrada da Barra, numa velocidade espantosa. Por sorte, as pistas estavam vazias. Domingão, cinzento de susto, agarrava-se desesperadamente às costas da menina. A corrida prosseguiu, pela Estrada de Jacarepaguá. Atravessaram a Cidade de Deus e o Largo do Tanque, tomaram pela Rua Cândido Benício e foram sair na Estrada Intendente Magalhães, onde dobraram à esquerda. Mais dois minutos e chegavam à Rua das Camélias, esquina da Rua dos Jambos. Era aí que ficava a casa dos Rabanada. Ao saltar da motocicleta, Domingão tinha as pernas moles como geleia. Ainda pensou noutro protesto, mas viu que seria inútil.

O casarão era baixo, velho, com azulejos azuis na fachada. Milu tocou a buzina e a porta se abriu, para deixar passar a Sra. Filomena Rabanada. Era uma portuguesa alegre, baixa e gorda, cabeluda, e com um lenço na cabeça.

— Olha a minha rica menina! Espera lá! Vou abrir o portão, para você pôr a motocicleta na garagem!

Instantes depois, a motoca estava guardada e os visitantes entravam na sala da residência. O Dr. Armando Rabanada, que era arquiteto, estava em casa, de pijama, lendo os jornais. Era alto, magro, e usava bigode caído. Sua alegria, ao ver Milu e Domingão, foi enorme.

— Ora pois! Pensava que você não viesse fazer o retiro, minha joia! Sentem-se! Estejam à vontade! Já falamos com dona Helena, pelo telefone. Mas que agradável surpresa! Vocês ficam até quarta-feira de cinzas, pois não ficam?

— Ficamos, sim, senhor — respondeu Milu, enquanto Domingão permanecia mudo e angustiado. — Eu e o meu "secretário" não gostamos de carnaval... Mas o senhor não precisa se preocupar, doutor. Vamos dormir naqueles dois quartos, no galpão dos fundos, onde tem aquele nicho com Santo Antônio de Lisboa. Domingão é devoto de Santo Antônio.

Conversaram durante alguns minutos e foram ver os quartos. Milu achou tudo excelente. O galpão dos fundos era independente do resto da casa e tinha saída para o quintal... Dona Filomena arrumou tudo, feliz por acomodar dois hóspedes tão simpáticos e bem-educados. Domingão ficou no quarto do galpão, lamentando intimamente a sua sorte, enquanto Milu voltava para a sala do casarão, para continuar o papo com o Dr. Armando.

— Horrível, esse crime da Praia de Grumari! — comentou a menina. — O senhor ouviu no rádio, doutor? A polícia não sabe quem foi que matou aquele Clóvis.

— Eu li nos jornais — respondeu o arquiteto. — Já tinha ouvido falar nesses patuscos levados da breca. Eles querem arremedar os eguns da religião ioruba, está-se a ver!

— Querem o quê?

— Conheço esses fantasiados, de África — esclareceu o Dr. Armando. — Lá, entre os pretos, eles são as entidades que representam os seus antepassados e vêm à Terra para fazer justiça e defender a tribo dos maus elementos. Os eguns africanos usam essas máscaras de caveira semelhantes às dos Clóvis de Santa Cruz e Padre Miguel. Por cá não os temos, graças a Deus! Os eguns são entidades muito primitivas. E nós, católicos, não acreditamos nessas baboseiras!

— Lógico — disse Milu. — Não acreditamos na força justiceira dos eguns... mas temos que acreditar na influência maléfica dos Clóvis! É ou não é?

A conversa prosseguiu, pelo resto da tarde, e dona Filomena também deu alguns palpites errados. Às sete horas, jantaram e foram assistir o carnaval, pela televisão. *E lá estavam os Clóvis!* Uns seis ou sete palhaços foram entrevistados, em Campo Grande, por uma locutora do Canal 7. Milu prestou muita atenção no que eles diziam, com voz de falsete, defendendo-se das acusações da locutora.

— Nós só queremos brincar — afirmou um Clóvis igual aos outros. — Essa onda da Praia de Grumari é papo-furado, tá sabendo? Ninguém quebra os ônibus, nem bate nas crianças! A gente também "somos" crianças e não fazemos mal a ninguém! Pelo menos, os Clóvis da nossa patota!

A televisão dos Rabanada era a cores e Milu viu que as fantasias dos Clóvis não eram azuis e brancas, eram verdes e cor-de-rosa. Não se tratava do bloco de Clóvis de Pedra de Guaratiba, que a polícia queria encontrar...

Domingão já tinha se recolhido ao galpão. Por volta das nove horas da noite, Milu se despediu do casal Rabanada e também foi para o seu quarto. De passagem, ajoelhou-se e rezou um Pai-Nosso, diante da imagem de Santo Antônio, pedindo ao santo que protegesse o Chereta. Depois, meteu-se no quarto do galpão e ficou à espera...

Um relógio bateu dez horas. Todo o casarão da Rua dos Jambos estava em silêncio e com as luzes apagadas. Então, Milu levantou-se da cama e deu início à sua metamorfose.

"O Chereta é fogo!" pensava a menina. "O que a polícia não descobre, o Chereta chega e fatura! E o Chereta é o Anjo da Guarda do delegado Amaral!"

A transformação durou apenas dez minutos. Milu tirou da mala os apetrechos necessários e tratou de criar a figura inconfundível do endiabrado Chereta. Vestiu a malha preta de jérsei,[10] colada ao seu corpo magro e flexível, calçou os sapatos pretos de sola de borracha, enfiou as luvas da mesma cor, cobriu os cabelos ruivos com a peruca de cabelos pretos, compridos e assanhados, e pendurou no cinturão o estojo de pelica, onde guardava um

---

10 Nota do Org.: Tecido bem maleável, normalmente confeccionado em lã, seda ou algodão.

molho de chaves falsas, uma lanterna elétrica e um *walkie-talkie*. Depois, foi para a frente do espelho do toucador e completou a metamorfose. Trocou os óculos por um par de lentes de contato verdes, pintou diversas sardas sobre o narizinho arrebitado e espichou os lábios, para encobrir os dentes salientes.

"O Chereta é o maior detetive da paróquia! E este é um caso para o Chereta!"

Quando olhou, outra vez, para o espelho, sua aparência era completamente diferente da aparência da doce "Milu do 27". Agora, o espelho refletia a imagem de um moleque atrevido, descarado, esperto como um rato e ágil como um gafanhoto. Era o endiabrado Chereta!

Milu sorriu para si mesma, mas foi o Chereta quem sorriu para ela, no espelho.

— Tudo bem — sussurrou a figurinha negra, com os olhos verdes lançando chispas de fogo. — Agora, vamos acordar Domingão! Nenhum detetive que se preza cai em campo sem levar a reboque o seu guarda-costas... Domingão vai me ajudar a resolver essa parada!

Silenciosamente, o Chereta apagou a luz do quarto de Milu e saiu para o corredor do galpão. Ia começar uma nova aventura do supermoleque! E até Santo Antônio, no seu nicho da parede, parecia ter arregalado os olhos de susto!

CAPÍTULO IV

O DEPOIMENTO DE ALBERICO

Domingão estava acordado, sentado à beira da cama, com os olhos arregalados como pires. Foi só baterem levemente na porta e ele deu um pinote e tentou se esconder debaixo da cama. Mas o seu corpo era grande demais para isso. Acabou por se benzer duas vezes, invocar a proteção de São Jorge Guerreiro, e ir abrir a porta. E ali estava o Chereta.

— Depressa, Domingão! — disse o moleque, com sua voz de falsete. — Pegue o *uóqui-tóqui* e me acompanhe! Desta vez, vamos descobrir quem foi que matou o Clóvis!

— Oh, não, Milu! Por favor! Me deixe em paz! Eu preciso dormir!

— Eu não sou a Milu! — rugiu a figurinha negra. — Sou o Chereta, seu curto![11] Não está vendo a minha roupa? Sou o Chereta, o maior detetive da paróquia, e você é o meu secretário!

---

11 Nota do Org.: Xingamento; "curto de raciocínio", "burro".

Todos os agentes secretos têm um guarda-costas, para ajudá-los na hora do perigo. Ou você vem, ou vai se arrepender! Seu patrão, o delegado Amaral, precisa da nossa ajuda! Você não quer dar uma mãozinha ao seu patrão? Responda!

Domingão olhou para as suas mãos enormes e pôs-se a choramingar.

— Mas eu não sou detetive, Chereta! Não levo jeito! Você bem sabe que eu sou um desastrado! Minha cabeça não funciona igual a sua! Tem muitas coisas que eu não entendo e...

— Venha daí! — cortou o Chereta. — Pegue seu *uóqui-tóqui* e me acompanhe! Temos que sair sem que ninguém nos veja. O casal Rabanada ia ficar muito invocado se visse o Chereta. É ou não é?

Domingão não respondeu. Sempre se lastimando, apanhou o seu transmissor e receptor de rádio — igual ao do Chereta — e acompanhou o supermoleque. Saíram cautelosamente do galpão e foram até a garagem da casa. Tudo estava escuro e silencioso. Ajudado pelo crioulo, o Chereta abriu a porta da garagem, usando uma de suas chaves falsas, e empurrou a motocicleta para a rua. Aí, os dois montaram e o veículo partiu, trepidando, dentro da noite enluarada. Nenhuma dessas manobras teve testemunhas.

— Quem é esse Clóvis? — indagou Domingão, com a boca encostada à orelha do Chereta.

— É um palhaço que apareceu morto, na Praia de Grumari — respondeu a figurinha negra, sem voltar a cabeça. — O delegado Amaral está cortando uma volta, para descobrir os assassinos! Mas o Chereta vai decifrar o mistério, com a ajuda de seu fiel companheiro Domingão! Nós somos o fino![12]

— E aonde é que a gente vai?

— Em primeiro lugar, vamos interrogar o jovem Alberico Corte Soberana, em Pedra de Guaratiba. Ele sabe das coisas,

---

12 Nota do Org.: Gíria que quer dizer: "Nós somos os melhores!".

mas não quer dizer... Tenho o endereço dele num pedaço de papel, que escondi no meu compêndio de Matemática. O rádio deu tudo direitinho. Agora, cale a boca e se segure bem!

A motocicleta atravessou Jacarepaguá e desceu toda a Estrada dos Bandeirantes, a cem quilômetros por hora. Apesar de ser domingo de carnaval, não se via muitos fantasiados pelas ruas. Meia hora depois, estavam na autoestrada Rio-Santos; mais dez minutos e desciam a Estrada da Capoeira Grande, já em Pedra de Guaratiba. Ainda não eram onze horas, quando chegaram à Rua Belchior da Fonseca. Era aí que a família Corte Soberana tinha uma casa de campo. O Chereta deixou Domingão tomando conta da motoca, numa esquina deserta, e recomendou-lhe que mantivesse o *walkie-talkie* ligado. Não se via ninguém, nas ruas mais próximas.

— Se eu precisar de você — sussurrou o supermoleque. — farei uma chamada em código. "Ai, meu Deus!" quer dizer "Socorro!" e "OVNI" quer dizer "Domingão". Fique atento, tá legal? Não deixe nenhum Clóvis bater em você, com a bexiga de boi! Dói pra caramba!

O crioulo ficou assustado, olhando para cima e para baixo, mas não disse nada. A figurinha negra sorriu e caminhou, silenciosamente, pela Rua Belchior da Fonseca, até o bangalô que procurava. Era um prédio bonitinho, com um jardim na frente, e tinha a luz de uma das janelas acesa. Antes que o Chereta pulasse a cerca, a porta da casa se abriu e saiu um rapaz alto e magro, de barbicha, fantasiado de beduíno. O Chereta ficou na paquera,[13] coberto pelas sombras, e viu o rapaz se encaminhar para um fusca cinzento, estacionado um pouco adiante. Antes que ele entrasse no carro, a figurinha negra saltou da escuridão e postou-se diante dele.

— Oi, meu chapa! Como é que é?

O rapaz tomou o maior susto. Seu turbante chegou a cair da cabeça.

---

13 Nota do Org.: Ficou na espreita; ficou olhando às escondidas.

— Ai! Quem é você?

— Quem faz as perguntas sou eu! — replicou o Chereta, com voz de falsete. —Você é o jovem Alberico, não é?

— Sim, sou eu. Mas não entendo! Quem é...?

— Para onde vai?

— Eu? Vou a um baile, no clube. Já devia estar lá. Que é que você quer, garoto? Que história é essa?

— Sou o Chereta — anunciou o moleque, com as mãos na cintura. — Sou o maior detetive da Barra! E quero levar um papo com você! O Chereta vai ajudar o delegado Amaral a decifrar o mistério dos Clóvis! Entendeu agora?

O rapaz recuou dois passos.

— Essa não!

— Essa sim! Você é uma testemunha importante, meu chapa! E eu preciso saber o que é que você sabe! Não acredito que você seja cúmplice dos assassinos de Nelson Pirado. A polícia só vai prender você, como cúmplice, se o Chereta não descobrir os verdadeiros culpados. Você vai me ajudar ou não?

Alberico estava pálido de surpresa e de susto.

— A polícia vai me prender? — murmurou.

— Bonitinho! E vai fazer você dizer tudo o que sabe sobre a patota de Clóvis azuis e brancos! Mas, se você for legal comigo, ninguém mais o incomodará! Agora, escolha! Ou você me confessa tudo o que sabe, ou eu...

— Não sei nada! — protestou o rapaz. — Já falei tudo o que sabia! A polícia me interrogou duas vezes e eu sempre disse...

— Você só disse a metade, Alberico! Tenho certeza de que você conhece todos os macetes do bloco de Clóvis! Por que três deles mataram aquele marginal?

— Não sei! Juro! Não sei por quê, nem quais foram os Clóvis que massacraram aquele cara! Os Clóvis são todos iguais! Não conheço a identidade de nenhum deles! Quero dizer...

— A identidade de *algum* você conhece... certo?

— Bem... Tem uns dois meninos que eu sei quem são. Moram aqui na Pedra. Mas, esses, estavam com a gente, ontem de tarde, quando a gente se mandou para Campo Grande! Os outros quatro, que se separaram do grupo, eu não sei quem são! Só sei que um deles devia ser esse tal Nelson Pirado. Os outros três é que o mataram, com certeza, mas...

— Esse bloco de Clóvis, do qual você faz parte, não é um bando de marginais? Não tem outros contraventores, nessa patota?

— Não! Que absurdo! Nós não sabíamos que havia um contraventor no bloco! Só queremos brincar! Faz muitos anos que existe o nosso bloco e nunca aconteceu uma desgraça dessas! A gente só faz alaúza,[14] bate com a bexiga e...

— Se vocês não se conhecem, então como é que formam o bloco, no carnaval?

— Bem... A gente se encontra sempre, ao meio-dia, no Caminho da Pedra, esquina da Estrada do Catruz. Todos os dias de carnaval, ao meio-dia, entende? Já é tradição. Meu pai também já foi Clóvis. Muitos moradores da Pedra já foram Clóvis e nunca deu galho. O bloco sai, na maior zorra, só para se divertir. Quando eu entrei para a patota, havia uns vinte Clóvis, mas, agora, só tem uns nove ou dez. Eles foram diminuindo, de ano para ano.

— Por quê?

— Não sei. Acho que foram se desinteressando e...

— Conte a verdade, Alberico! — rugiu o Chereta. — Ou você conta tudo, direitinho, ou a polícia mete você no xadrez! E, aí, o pau vai cantar! É isso o que você quer? A polícia vai pegar na sua bexiga de boi e...

— Não! — gemeu o rapaz. — Não quero escândalo! Se eu for preso, meu pai vai ficar uma fera! Mas eu não sou ladrão! Nunca

---

14 Nota do Org.: Confusão, muito barulho.

participei dos golpes de alguns dos Clóvis! Sei que alguns deles roubam, mas nunca entrei nessa! Não contei nada para o delegado porque tive medo... medo das consequências!

— Eles roubam, hein? — rosnou o Chereta.

— Pois é. Descobri isso por acaso. Quando a gente sai por aí, perturbando os outros, alguns Clóvis da patota aproveitam a confusão para "afanar" uma coisa ou outra, nas casas por onde a gente passa... Eu mesmo vi um deles roubar um crucifixo, numa casa de Campo Grande. Mas eles só "afanam" uma coisa em cada casa, de maneira que as vítimas nunca deram queixa na delegacia. Pelo jeito, já faz tempo que isso acontece. Esse tal Nelson Pirado devia ser um dos ladrões infiltrados no nosso bloco.

— E os três que o mataram talvez sejam outros *lalaus*...[15] Certo?

— Acho que sim. Devem ser. Aqueles quatro Clóvis andavam sempre juntos e, às vezes, se separavam da turma, para cometer os seus "afanos". Eu vi!

— E você não conhece a identidade de nenhum desses ladrões?

— Não conheço! Juro! Nenhum de nós sabe quem são os outros! Cada um só sabe de si mesmo, e olhe lá!

— Amanhã, ao meio-dia, vai haver um novo encontro de Clóvis? Ou, depois do que aconteceu, a brincadeira mixou?

— Não sei. Como a polícia está por fora, pode ser que a gente se encontre, outra vez... Todos os dias de carnaval, de sábado a terça-feira, a patota se reúne, aqui na Pedra, e sai para perturbar... Pode ser que, amanhã, haja um novo encontro. O costume é muito forte, sabe como é?

— Você vai?

— Eu vou, lógico! Não tenho nada a ver com a morte daquele bandidão! O que eu quero é brincar! E a nossa turma é muito legal! Tirando os *lalaus* e os assassinos, é claro...

---

15 Nota do Org.: Gíria para "ladrão".

Houve uma pausa.

— Onde é que vocês arrumam as fantasias de Clóvis? — perguntou, ainda, o Chereta.

— Mandei fazer a minha, sob medida. Mas tem um português, em Campo Grande, que vende as fantasias já prontas. Ele também tem Clóvis azuis e brancos, iguais aos nossos. É um armarinho, chamado "Casa do Retroz", na Avenida Cesário de Melo. Qualquer freguês pode comprar uma roupa de Clóvis e entrar na nossa patota. Foi assim que entraram os *lalaus*.

— Legal! — concluiu o Chereta, empolgado. — Era nisso mesmo que eu estava pensando! Obrigado, meu chapa!

E, dando meia-volta, a figurinha negra sumiu na escuridão.

CAPÍTULO V

OS NOVOS CLÓVIS

Domingão esperava, sentado no selim da motocicleta, com o *walkie-talkie* na mão. Estava tão distraído que não pressentiu a chegada do Chereta.
— Oi, Domingão! — sussurrou a figurinha negra. — Podemos ir embora!
O crioulo encostou a boca ao microfone, embutido no radinho, e respondeu:
— Ovni na escuta! Embora para onde? Câmbio!
— Saia daí, pombas! — gritou o Chereta, sacudindo-o por um braço. — Estou aqui, ao seu lado! Não está me vendo?
O susto que Domingão tomou fez com que ele deixasse cair o *walkie-talkie*.

— Ai, meu São Jorge! Não sabia que você estava aqui! Pensei que a sua voz viesse de dentro da caixinha!

— Está vendo, seu curto? Se eu fosse um Clóvis, agora você estaria morto, coberto de pancadas! Vamos embora! Você ainda vai quebrar esse *uóqui-tóqui*!

Domingão pediu desculpas, apanhou o aparelho e meteu-o no bolso. Depois, sentou-se na garupa da motoca, enquanto o Chereta se empoleirava junto ao guidão. O veículo partiu, pipocando, pelas ruas desertas de Pedra de Guaratiba.

— E agora? — quis saber Domingão. — Para onde estamos indo?

— Já encontrei a primeira pista — respondeu o Chereta. — Agora, vamos dormir porque, amanhã, teremos muito o que fazer! Fim de papo!

Ainda não era meia-noite, quando chegaram ao casarão dos Rabanada, em Vila Valqueire, e foram guardar a motocicleta na garagem. Tudo continuava escuro e silencioso. Entraram no galpão e o Chereta despediu-se de Domingão, à porta do quarto dele, e foi para o quarto de Milu. Pouco depois, tinha tirado o disfarce e se transformava, outra vez, na doce filhinha do delegado Amaral. Foi então que vestiu a camisola cor-de-rosa, deitou-se na cama e dormiu, regaladamente, com as mãos postas, como um anjinho.

Às oito horas da manhã, todos já estavam de pé. Milu tomou o café, com os seus hospedeiros, e disse que nunca tinha dormido tão bem.

— Este retiro espiritual é muito bacana — concluiu a menina, enlevada. — Tão bacana que, hoje, eu e Domingão resolvemos nos desligar completamente do mundo material e mergulhar no silêncio e na meditação. Se dona Filomena e o doutor Armando não se opuserem, vamos nos isolar naquele galpão, o dia inteiro, para fazermos um balanço em nossas consciências... Tá legal?

O casal estranhou aquele procedimento, mas concordou amavelmente. Então, Milu encheu um farnel com alguns sanduíches (para enganar dona Filomena) e levou-o para o galpão, onde Domingão estava rezando a São Jorge, pedindo para que o Santo Guerreiro lhe desse paz. Um minuto depois, a menina tinha pendurado um cartão, escrito a lápis, na entrada do galpão:

EM RETIRO. FAVOR NÃO PERTURBAR

Fechou a porta a chave e foi se disfarçar de Chereta. Ela sabia que, ao lerem o aviso, os Rabanada não tentariam entrar no galpão. Ou, se tentassem, encontrariam a porta e as janelas fechadas, desistindo do seu intento.

Eram oito e meia, quando a figurinha negra obrigou o crioulo parrudo a sair do quarto e o levou até a garagem Domingão protestava em voz baixa, mas não tinha outro remédio senão acompanhar Milu-Chereta. Ele conhecia a filha do delegado desde que ela era criancinha e, além de ter uma grande estima por ela, também tinha muito medo de suas broncas...

A garagem ficava ao lado do casarão, onde o casal Rabanada conversava despreocupadamente; o Chereta e Domingão empurraram a motoca para fora, montaram nela e se mandaram para Campo Grande.

— Já sei onde fica a Casa do Retroz — disse o Chereta, pelo caminho. — Peguei o número na lista telefônica. Num instantinho estaremos lá.

Chegaram à Avenida Cesário de Melo às dez horas, depois de percorrerem toda a Avenida Santa Cruz, driblando os ônibus e os carros que andavam mais devagar. Dessa vez, viram alguns mascarados nas ruas, inclusive dois "blocos de sujos", que faziam uma tremenda alaúza. Mas nenhum deles estava fantasiado de Clóvis.

A Casa do Retroz era uma loja pequena, atravancada de artigos para o carnaval — fantasias, máscaras, serpentinas e confetes. Logo na porta, o Chereta viu um macacão de cetim verde e cor-de-rosa, idêntico ao dos Clóvis que tinham aparecido na televisão.

— Que é que você vai fazer? — indagou Domingão, apreensivo. — Você não vai comprar uma máscara, vai?

— Mais do que isso — retrucou o Chereta, sorrindo. — Vamos comprar as maiores fantasias de Clóvis, meu chapa! Eu e você! Sim, porque você também está nessa, Domingão! Vale a pena gastar um dinheirinho das minhas economias, você não acha? A gente não pode ser detetive sem um pouco de sacrifício...

O crioulo voltou a choramingar.

— Mas por que eu, Milu? Eu não levo jeito! Não nasci para palhaço!

— Cale a boca, seu curto! Eu não sou Milu! Ou você aprende a me tratar de Chereta, ou eu vou fazer o maior veneno, de você, com o papai!

Domingão engoliu os soluços, impressionado com a ameaça. Entraram na loja e foram atendidos por um velhote careca, com sotaque lusitano.

— Queremos duas fantasias completas de Clóvis — disse o Chereta. — Mas têm que ser azuis e brancas. Também queremos máscaras de caveira, de papelão pintado, bem feias e malfeitas, iguais a essas que andam por aí. Tá legal?

O dono da loja sorriu.

— Pois, pois! Vocês vão sair no bloco dos Clóvis de Pedra de Guaratiba, pois não?

— É isso mesmo. O senhor conhece aquele bloco?

— Ouvi falar — retrucou o lojista, cautelosamente. — Aqueles miúdos estão numa enrascada, segundo ouvi falar. Mas eu cá não tenho nada com isso. A minha função é vender as roupas; não pergunto quem é o freguês.

— Eu já tinha imaginado isso. Qualquer pessoa pode comprar uma fantasia dessas e sair por aí, fazendo "miséria"... Certo?

— Ouvi falar — concluiu o homem, desconfiado. — Mas os Clóvis autênticos só querem se divertir. Você mesmo, garoto, só vai sair de Clóvis para brincar, pois não? Quando eu era miúdo também saía de Clóvis, para entrar na paródia. Mas, antigamente, o entrudo[16] era mais inocente. Agora, há muitos maus elementos pelas ruas, que se aproveitam da folia para fazerem maldades. Mas eu não tenho nada com isso; a minha função é vender.

E foi buscar as fantasias de palhaço.

— O senhor conhece a origem dos Clóvis? — indagou o Chereta, enquanto experimentava um dos macacões azuis e brancos.

— A origem não conheço — confessou o lojista. — Mas os Clóvis são muito antigos. Se não me engano, pertencem ao folclore. São uns palhaços muito engraçados, pois não são? Eles só querem se divertir, embora alguns depredem os ônibus e magoem os outros miúdos. A maioria, porém, não faz mal a ninguém. E as pancadas com a bexiga quase não doem.

— Mas as pancadas com o sarrafo doem pra *dedéo*!

— Pois. Pode ser. Mas, quando a vara de madeira é fina e leve como as que eu vendo, ninguém se magoa. Alguns, porém, usam cabos de vassoura e, até, canos de chumbo. Foi o que ouvi falar. Aí, sim, as pancadas podem ser bastante violentas. Mas a bexiga, propriamente dita, não dói nada. Eu também vendo bexigas pintadas, de amarelo, como as dos Clóvis da Pedra.

Depois de uma hora de buscas e experiências, o Chereta e Domingão estavam perfeitamente fantasiados de Clóvis. Usavam imensos macacões de cetim, com a metade da esquerda branca e a outra metade azul, máscaras de caveira, brancas, pintadas de preto, boleros verdes, com lantejoulas, luvas pretas e perucas de ráfia amarela. Domingão ficou com as suas alpercatas[17] de couro

---

16 Nota do Org.: Festa popular brasileira que antecedeu o Carnaval, na qual as pessoas jogavam areia, águas de cheiro, mas também dejetos, umas nas outras.

17 Nota do Org.: Sandália de tiras.

e o Chereta, com os seus sapatos de tênis. Nenhum pedaço da pele deles aparecia, sob aquela fantasia de palhaço medieval.

— Estão catitas! — afiançou o dono da loja. — Nem as senhoras suas mães serão capazes de reconhecê-los! Estimo que passem um alegre carnaval... e não se metam em sarilhos! Isso é o mais importante!

O Chereta também comprou duas bexigas amarelas, amarradas na ponta de um sarrafo; depois, pagou as despesas, com as economias de Milu, e arrastou Domingão por um braço. Quando aquelas duas figuras singulares — uma muito alta e a outra muito magrinha — saíram da Casa do Retroz, alguns transeuntes, que não estavam fantasiados, pararam para contemplá-las com curiosidade.

— Estamos agradando — sorriu o Chereta, sacudindo a sua bexiga de boi. — Nosso disfarce é perfeito! Espero que o resto da patota nos receba sem complicações... Mas o jovem Alberico, se estiver no local do encontro, certamente vai nos reconhecer...

— A gente vai ao local do encontro? — indagou Domingão, com a voz abafada pela máscara de caveira. — Que encontro?

— Encontro na Pedra, ao meio-dia! Você ainda entendeu, seu curto? Nós, agora, também somos Clóvis! E vamos entrar para o bloco dos assassinos!

Outro susto! O crioulo perdeu a voz e ficou duro como uma estátua. O Chereta teve que empurrá-lo até a motocicleta, e sentá-lo na garupa. Nesse momento, tiveram uma surpresa. Um folião, também fantasiado de Clóvis, atravessou a calçada da avenida e passou por perto deles.

— Aí, malandros! — disse o estranho, com voz de falsete. — Vocês vão entrar numa boa, hein? Cuidado com a polícia! Macacão azul e branco não dá saúde pra ninguém! Feliz carnaval!

E o terceiro Clóvis continuou a andar, saracoteando, e desapareceu no meio dos outros transeuntes. Mas era um palhaço metade vermelho e metade verde, muito diferente dos Clóvis de Pedra de Guaratiba.

O Chereta ligou o motor e a motocicleta partiu, pelo meio do trânsito, rumo à Estrada da Pedra, esquina da Estrada do Catruz. Desceram pela Avenida Cesário de Melo e pela Estrada Santa Eugênia, e logo chegaram à Estrada da Pedra. O encontro dos Clóvis azuis e brancos era ao meio-dia, e o Chereta não queria chegar atrasado...

CAPÍTULO VI

O CLÓVIS ATACA PELA JANELA

Enquanto descia a Estrada da Pedra, agarrado ao guidão da motoca, o Chereta refletia:

"Será que todos os Clóvis desse bloco são ladrões? Até que ponto posso confiar nesse jovem Alberico? Ele deixou de contar muita coisa à polícia... Disse que teve medo de falar... Então, por que contou tudo ao Chereta? Será que ele não armou uma cilada ao maior detetive da paróquia? Não, não pode ser! O jovem Alberico deve ter dito a verdade, para descarregar a consciência. Ele é inocente e só se meteu nessa patota para brincar o carnaval... Nesse caso, deve haver muitos outros Clóvis inocentes, igual ao jovem Alberico... A acreditar nas palavras da testemunha, os bandidos que mataram o contraventor são apenas três... e havia apenas quatro, no bloco. Quatro *lalaus* e cinco foliões inocentes... Mas como é que o Chereta vai descobrir os três culpados, entre os cinco inocentes? Aí é que está o problema! Quais dos oito Clóvis restantes serão os três criminosos? Não vai ser mole, identificar os culpados, já que todos os Clóvis são iguais!"

Era meio-dia em ponto, quando chegaram à esquina da Estrada do Catruz. Já havia dois palhaços, vestidos com macacões azuis e brancos, sentados à beira da calçada. O Chereta levou a motocicleta para um terreno baldio e aí a deixou, convenientemente trancada. Em seguida, agarrou no sarrafo com a bexiga amarela, pegou Domingão pelo braço e foi ao encontro dos outros Clóvis. O crioulo acompanhou-o sob protestos, arrastando os pés pela calçada.

—Oi, amigos! — saudou Milu-Chereta-Clóvis, dirigindo-se aos outros mascarados. — Tudo legal com vocês?

Sua voz de falsete era parecida com a de um dos Clóvis, que respondeu:

— Tudo cem por cento, camaradinha! Estamos esperando os outros!

A voz parecia a de um garoto de dez ou doze anos. Aliás, o palhaço era baixo e barrigudinho. O Chereta acenou com a bexiga amarela.

— Certo! Nós vamos esperar também!

E os quatro fantasiados, exatamente iguais, ficaram sentados à beira da calçada, brincando com as bexigas penduradas nos sarrafos.

— Será que a patota vem toda? — indagou o Chereta, dirigindo-se ao Clóvis barrigudinho.

— Sei lá, camaradinha! Eu e este aqui viemos. A gente não deu bola para o que estão dizendo... E os homens não sabem de nada. Os Clóvis não falam.

E pôs-se a grunhir feito um porco.

— Tem razão, camaradinha — disse o Chereta. — O melhor é não falar...

Ficaram em silêncio. Um minuto depois, chegou um outro mascarado, metido num macacão azul e branco, e sentou-se também na calçada.

— Como é que é, camaradinhas? — perguntou ele, com voz de falsete, pelos buracos da máscara de caveira.

— Tudo cem por cento — respondeu o Chereta. — Vamos sair para outra?

— Legal! Estamos aí!

O silêncio voltou a reinar. Mais cinco minutos e outros três palhaços se aproximaram, todos vestidos com os mesmos macacões azuis e brancos. Um deles era alto e forte, outro era magro e delicado e o terceiro era de estatura mediana e bastante troncudo.

— Olá, camaradinhas! — disseram eles, também com voz de falsete.

— Salve! Salve! Salve! — responderam os outros, com a mesma voz.

O Chereta ficou atento, observando os recém-chegados pelos buracos da máscara. Seus olhos verdes luziam como os de um gato. Será que eram aqueles três? Pelo jeito, parecia...

Logo em seguida, apareceu mais um Clóvis, dando pinotes pela estrada.

— Adivinha quem chegou? Adivinha quem chegou?

— É o Clóvis! É o Clóvis! É o Clóvis!

A patota já tinha nove membros. Um deles consultou um relógio de pulso e disse que era meio-dia e quinze.

— Não está faltando mais ninguém — comentou o Clóvis alto e forte, sempre com voz de falsete. — Um... dois... quatro... nove! Tem, até, um Clóvis demais!

— A gente não sabe quantos "somos" — respondeu um dos outros mascarados. — Vamos esperar até o meio-dia e meia, tá legal? Pode chegar mais algum.

— Tá legal! Tá legal! Tá legal!

Passaram-se mais dez minutos e um novo palhaço veio se juntar silenciosamente ao grupo. Agora, eles eram dez. O Chereta olhou atentamente para o recém-chegado; observando os seus movimentos, avaliou a sua altura, e chegou à conclusão de que aquele era o jovem Alberico. O novo Clóvis também olhou atentamente para o Chereta, medindo-o de alto a baixo, e seus olhos ficaram presos aos sapatos de tênis pretos que o falso Clóvis calçava. Todos os outros mascarados (exceto Domingão) usavam sapatos de tênis brancos.

— Tudo legal, camaradinhas? — perguntou o jovem Alberico, com voz de falsete.

— Tudo cem por cento! — responderam os demais.

O recém-chegado sentou-se ao lado do Chereta, e olhou diretamente para os olhos dele. Logo se reconheceram, mas não disseram nada.

Cinco minutos depois, o Clóvis mais alto e forte levantou-se e anunciou:

— A hora é essa, camaradinhas! Vamos perturbar!

— Vamos perturbar! — esganiçaram os outros palhaços.

E a patota pôs-se de pé, sacudindo as bexigas amarelas.

— Fique perto de mim — sussurrou o Chereta, inclinando-se para Domingão. — Vamos observar os manejos daqueles três que chegaram juntos!

— Que três que chegaram juntos? — murmurou o crioulo, confuso.

— Seu curto! — rosnou o Chereta. — Você nunca sabe de nada!

Depois disso, foi uma zorra total! O bloco dos Clóvis azuis e brancos saiu, pulando e berrando, pela Estrada do Catruz, à procura de alvos para os seus golpes de bexiga de boi.

— Pega! Pega! Pega!

— É o Clóvis! É o Clóvis! É o Clóvis!

E toma sarrafada nas árvores e nos muros! Não havia ninguém na estrada, porque os moradores do local já conheciam a força dos Clóvis e tinham recolhido os cachorros e as crianças.

— Pega! — gritou um palhacinho pequeno e desengonçado. — Pega o *bebão*!

Um mendigo embriagado acabara de aparecer, na calçada da Estrada da Capoeira Grande, carregando um saco nas costas. Era uma excelente vítima para as molecagens dos Clóvis. O bloco correu para ele, brandindo os sarrafos, e pôs-se a fustigá-lo com as bexigas.

— Me deixem! — bradava o infeliz, correndo em ziguezagues pela calçada. — Vão perturbar o diabo que os carregue! Me deixem!

Domingão logo tomou a frente do grupo de mascarados e protegeu o bêbedo com seu corpo enorme. Levou algumas sarrafadas, revidou com outras e conseguiu evitar que os foliões machucassem sua vítima. O mendigo acabou entrando por um capão de mato e desapareceu. Imediatamente, os Clóvis se desinteressaram da perseguição e continuaram a pular, pelo meio da estrada, à procura de outro divertimento estúpido como aquele.

— É o Clóvis! É o Clóvis! É o Clóvis!

O bloco subiu a Estrada da Capoeira Grande, até um caminho de barro, à esquerda, que ia terminar num morro coberto de vegetação. Aí, o palhaço mais alto e forte deu uma ordem, com voz de falsete:

— É por aqui, camaradinhas!

Entraram na estradinha, cantando e pulando, e caminharam quase até o morro. Naquele ponto, havia um casarão solitário, no meio de um quintal maltratado.

— Pega! Pega! Pega!

Mas não encontravam ninguém para pegar. O local estava deserto e silencioso.

— É por aqui! — repetiu o Clóvis alto e forte, que assumira o comando da patota.

E pulou o murinho que protegia o quintal do bangalô. Os outros mascarados trataram de seguir o seu exemplo, pulando o muro também.

— Pega! Pega! Pega!

— Tem uma mangueira nos fundos! — anunciou o Clóvis magro e delicado. — Vamos comer mangas, camaradinhas!

O Chereta percebeu que a voz de falsete do palhaço era uma voz feminina, que devia pertencer a uma moça de seus dezoito ou vinte anos.

— Pega as mangas! — gritou o palhacinho barrigudo. — Eu também quero!

O bloco se dividiu, no maior assanhamento. Uns Clóvis treparam na mangueira, outros puseram-se a batucar no chão, outros deram volta à casa. O Chereta, que não perdia de vista o mascarado alto e forte, foi atrás dele e logo percebeu suas intenções. Aproveitando a confusão, o Clóvis pulou para cima do parapeito de uma janela do bangalô e ali ficou sentado, mexendo na vidraça fechada. A janela ficava nos fundos da casa, fora das vistas dos Clóvis que colhiam mangas.

"É agora!", pensou o Chereta.

O barulho da batucada ecoava no espaço, na parte da frente da propriedade. Como não aparecia ninguém, o Chereta concluiu que a casa estava vazia; seus moradores deviam ter ido passar o carnaval fora do Rio.

— Qual é a sua, camaradinha? — perguntou o supermoleque, correndo na direção do Clóvis empoleirado na janela.

Mas o mascarado não o ouviu. Com surpresa, o Chereta viu a janela se abrir e o Clóvis desaparecer no interior do bangalô! Não havia a menor dúvida: aquilo era um assalto!

Então, o Chereta abriu a boca, por trás da máscara, para soltar um grito de alarma. Mas, na mesma hora, foi empurrado contra a parede e viu-se diante de dois outros Clóvis ameaçadores: a moça delicada e o palhaço parrudo! Também não havia a menor dúvida de que eles eram cúmplices do mascarado alto e forte!

CAPÍTULO VII

NINGUÉM SE ENTENDE

— Qual é? — rosnou o Clóvis parrudo, empurrando o Chereta contra a parede.

— Um assalto! Aquele Clóvis entrou pela janela e vai...

— Você não viu nada! — atalhou o Clóvis delicado. — Cale essa boca, se não quiser levar uma surra!

O Chereta olhou ao redor, angustiado. Nem sinais de nenhum outro Clóvis — muito menos de um *Clóvis alto e quadrado, com alpercatas de couro!*

— Vocês são *lalaus*? — inquiriu.

— Não interessa! — rosnou o Clóvis parrudo, abaixando a cabeça mascarada. — Você não viu nada! Fique na sua, que nós ficamos na nossa, tá legal? Se você chiar, leva uma chifrada! Ou pode lhe acontecer o mesmo que ao outro!

— Que outro? — murmurou o Chereta, fingindo-se impressionado.

— Aquele falador, que apareceu na Praia de Grumari, com a boca cheia de areia! Só que, agora, ele não fala mais!

— Cale o bico! — acudiu o Clóvis delicado, com sua voz feminina. — Você também está falando demais!

Nisso, um quarto palhaço azul e branco despontou, na esquina da casa, e se aproximou, chupando uma manga por um buraco da máscara que ficava na altura da boca. Era alto, quadrado, e tinha alpercatas de couro!

— Alerta, Domingão! — gritou o Chereta.

E mergulhou contra as pernas do Clóvis delicado. Domingão hesitou, com a manga na boca; depois, jogou para longe a fruta meio comida e correu em auxílio do seu companheiro de aventuras. O Clóvis parrudo voltou-se, de cabeça baixa como um touro, e enfrentou-o, dando-lhe uma sarrafada com a bexiga amarela. O Chereta tinha derrubado a moça e gritava com voz esganiçada:

— Venham! Venham todos! É um assalto!

Mas a batucada fervia, na parte da frente da propriedade, e os gritos não eram ouvidos pelos outros componentes do bloco. Domingão e o Clóvis parrudo se engalfinharam, trocando cabeçadas, tapas e pontapés. A moça estava fora de combate, sentada no chão, esfregando as nádegas machucadas.

Mas os gritos do Chereta deviam ter sido ouvidos pelo Clóvis alto e forte, que invadira a residência; de repente, ele apareceu no peitoril da janela, olhou para fora e saltou, inesperadamente, sobre as costas do Chereta. Com o choque, o supermoleque caiu de bruços, na terra batida do quintal. Mas logo se recuperou da queda e pôs-se de pé, disposto a enfrentar o novo adversário.

— A hora é essa! — guinchou o Clóvis alto e forte, erguendo o seu sarrafo, com a bexiga amarela na ponta.

O Chereta quebrou o corpo, para evitar a pancada, e atracou-se com o agressor. Mas o rapaz era muito mais forte do que ele e derrubou-o, facilmente, com uma gravata bem aplicada. Depois, voltou a suspender o sarrafo.

— *Bondissement!*[18] — anunciou o Chereta, endireitando a máscara de caveira e a peruca de ráfia, que ameaçavam sair da cabeça.

E deu um salto espetacular, escapando do golpe dirigido ao seu peito. Milu era uma excelente aluna de balé, na academia de Madame Nina Potoka, e aproveitava os seus conhecimentos artísticos num novo estilo de luta livre. O Clóvis alto e forte apenas conseguiu dar uma sarrafada numa árvore que ficava próxima. O golpe foi tão violento que o sarrafo devia se partir. Mas não se partiu; foi a árvore que perdeu um pedaço da casca!

— *Entrechat!* — anunciou o Chereta, incrementado.

E pulou, batendo os calcanhares um no outro, indo cair, com os dois pés juntos, no peito do adversário. O rapaz alto e forte cambaleou, mas não caiu. Sua mão direita se ergueu, armada com o sarrafo, e desceu rapidamente. Mas o Chereta já tinha pousado no solo e engatinhado para longe. O sarrafo bateu fortemente na terra e a bexiga de boi estourou.

— *Cul-de-raie!* — anunciou o Chereta, esbaforido.

E mandou o maior rabo-de-arraia[19] contra as pernas do adversário. Este perdeu o equilíbrio e tombou de lado.

— *Du rade*! — completou o Chereta.

E ainda acertou um coice tremendo no Clóvis caído. Mas o estouro da bexiga, que mais parecia um tiro, tinha atraído a atenção dos outros mascarados, que chupavam mangas na frente da casa; na mesma hora, eles chegaram correndo, para ver o que era aquilo.

— É um assalto! — gritou o Chereta.

— É um assalto! — repetiu o palhacinho barrigudo. — Pega o assaltante misterioso! Pega!

Empolgados com os gritos do menino, todos os outros Clóvis começaram a dar bexigadas nos cinco mascarados empenhados na briga. A moça, sentada no chão, soltou um gritinho, levantou-se a custo, protegendo a cabeça com as mãos, e escapou, correndo, do local do combate. Domingão e o Clóvis parrudo ainda trocavam socos, esquecidos de seus sarrafos, e o Chereta agarrava o Clóvis alto e forte pelos fundilhos do macacão azul e branco.

---

18 Nota do Org.: O autor faz nesse trecho uso de termos do francês para se referir aos golpes-movimentos da luta-bailarina de Milu-Chereta.
19 Nota do Org.: Rasteira.

Chereta enfrenta os Clóvis

— Pega! É um assalto! Pega!

As sarrafadas choveram, em cima de Domingão, do Clóvis parrudo, do Chereta e do Clóvis alto e forte.

— Em mim, não! — protestava o Chereta. — Os assaltantes são eles!

Mas ninguém se entendia, naquela confusão. Cada um queria bater no outro, sem escolher o alvo certo. Domingão teve que largar o Clóvis parrudo, para se defender das sarrafadas e das bexigadas dos demais. O Chereta também foi forçado a largar os fundilhos do macacão de seu adversário. Mas, antes disso, puxou o cetim com tanta força que o macacão descoseu,[20] abrindo um rombo na traseira da fantasia do palhaço alto e forte. Todos viram que ele usava cuecas brancas, com bolinhas amarelas.

— Parem com isso! — berrou o Chereta, evitando as sarrafadas.

Inútil! A confusão era tão grande que os palhaços tinham se voltado uns contra os outros, trocando pancadas adoidado! Eram todos iguais, na aparência, mas cada um parecia mais vingativo e traiçoeiro que o outro!

— Pega! Pega! Pega!

Alguns Clóvis gemiam de dor e revidavam as pancadas às cegas. Ninguém ainda se entendia! Era um verdadeiro pandemônio.

— Pega! — gritou o Chereta. — Eles vão fugir!

O Clovis magro e delicado já tinha desaparecido. Atrás dele, fugiu o Clóvis parrudo, sempre de cabeça baixa e, por fim, também escapou o Clóvis alto e forte, com as cuecas brancas e amarelas aparecendo pelo buraco dos fundilhos do macacão azul e branco. O Chereta ainda tentou correr atrás deles, mas tropeçou no Clóvis pequeno e barrigudinho e foi cair, de bruços, numa poça de lama. Quando se levantou, os três palhaços culpados tinham sumido, por entre as árvores do quintal, e apenas os inocentes trocavam sarrafadas, sem mesmo saberem por que procediam assim.

---

20 Nota do Org.: Descosturou.

CAPÍTULO VIII

DEBANDADA GERAL

A pancadaria continuava feroz! Dando gritos de guerra, os Clóvis mandavam o sarrafo uns nos outros, na maior empolgação! Era um festival de máscaras de caveira e bexigas amarelas!

— Pega! Pega! Pega!

Às vezes, uma bexiga estourava, dando um susto nos lutadores. Mas também se ouviam risadas, dos palhaços que batiam mais do que apanhavam.

— Parem com isso! — gritou o Chereta, limpando a lama da fantasia. — Vocês estragaram tudo!

No primeiro momento, ninguém o entendeu. O bate-bola continuou. Mas, quando Domingão agarrou dois Clóvis pelo pescoço e os suspendeu no ar, os outros foram diminuindo as pancadas... diminuindo... até que pararam, de todo. E ficaram olhando uns para os outros, sem dizer nada, num silêncio cheio de arrependimento. Só aí Domingão largou os dois palhaços, permitindo que eles esfregassem o pescoço dolorido.

— Vocês estragaram tudo! — repetiu o Chereta, bronqueado.
— Os criminosos fugiram! Aproveitaram a confusão e deram no pé! É bonito, isso?

O silêncio continuou. Os Clóvis viravam as máscaras de caveira uns para os outros, entreolhando-se, sem entenderem nada. Por fim, um dos rapazes mais altos se destacou do grupo e se dirigiu ao Chereta:

— Qual é a sua, camaradinha? De que criminosos você está falando? Aqui ninguém é criminoso, não!

— Isso é o que você pensa! Havia três *lalaus* infiltrados no bloco! É ou não é, camaradinha?

O Chereta dirigia-se ao jovem Alberico, que assistia a tudo sem dizer uma palavra.

— É verdade — confirmou a testemunha, sacudindo afirmativamente a máscara de caveira. — Eu já sabia que eles eram *lalaus*. Só não disse nada porque tive medo de complicações. Além disso, ainda não sei quem são eles.

— Pois, agora, os bandidos fugiram! — continuou o Chereta.
— Foi isso o que vocês arrumaram, com essa brincadeira estúpida! Os criminosos podiam ser desmascarados, agora mesmo, mas vocês estragaram tudo!

Os Clóvis ainda não entendiam.

— Três *lalaus*? — indagou o palhacinho pequeno e barrigudo. — Como é que pode?

— Como é que vocês sabem disso? — completou o Clóvis mais alto, olhando do Chereta para o jovem Alberico.

— Eu vi — replicou o Chereta. — Um deles pulou uma janela dessa casa, para roubar, enquanto os outros montavam guarda!

Esses três *lalaus* também são os assassinos daquele Clóvis que apareceu morto na Praia de Grumari!

— Os assassinos? — ecoaram os mascarados.

— É isso aí!

— Cadê? — insistiu o Clóvis mais alto. — Cadê a janela arrombada?

O Chereta foi até a janela dos fundos do bangalô e apontou para as vidraças abertas. Num silêncio de morte, o bloco de fantasiados o acompanhou e viu tudo. As vidraças tinham sido forçadas, com um arame ou um pé-de-cabra.

— Essa não! — gemeu o Clóvis mais alto.

— Essa não! — ecoaram os outros.

— Mas, quem é você? — perguntou o Clóvis barrigudinho, com sua voz infantil.

— Sou o Chereta!

— Chereta de quê?

— Oh, santa ignorância! O Chereta é o maior detetive de todos os tempos! Você nunca viu o Super-Homem, o Homem-Aranha, o Homem-Morcego, o Capitão América, e outros heróis das histórias em quadrinhos? Pois o Chereta é tudo isso e mais alguma coisa! É o Anjo da Guarda do delegado Amaral! Será possível que vocês ainda não tenham ouvido falar no fabuloso Chereta?

Os Clóvis ficaram mudos de assombro. Depois, o barrigudinho tirou a máscara de caveira.

— Pra mim, chega! A brincadeira mixou!

Era um garoto louro e sardento, que não devia ter mais de dez anos.

— Deixa de ser bobo — disse outro Clóvis, um pouco mais alto do que ele. — A gente só quer brincar. Ninguém aqui é ladrão nem assassino!

— Mas, pra mim, chega! — teimou o barrigudinho. — Eu nunca me meti com *lalaus*! Olha a janela aberta! Desse jeito, a polícia vai prender o bloco todo! Eu sou pobre, mas sou honesto!

— Eu sei — disse um Clóvis magricela, com voz de menina. — Eu te conheço, Mariozinho. Você é filho de Mestre Xavier, não é? Todo mundo, na Pedra, sabe que seu pai é um pescador cem por cento. Deixa disso, vá! Bota a caveira outra vez e vamos perturbar!

— Pra mim, chega! — repetiu o menino sardento. — Hoje não vou mais sair de Clóvis! Vou para casa, tirar a fantasia! Não quero mais papo comigo! Aqueles dois estavam usando a gente para fazer sujeira!

E, antes que o Chereta interviesse, o garoto saiu correndo, na direção da Estrada Capoeira Grande.

— Viu? — censurou o Clóvis mais alto, voltando a máscara de caveira para o Chereta. — Viu o que você arrumou? Tudo isso é papo-furado! A gente não "somos" *lalaus*, nem assassinos! Agora, o nosso bloco é capaz de acabar, por causa dessa história sem pés nem cabeça! Mas eu é que não deixo de sair de Clóvis! Sempre saí de Clóvis e...

O Chereta ia interrompê-lo, quando os dois foram interrompidos. Soou uma sirena ao longe, na Estrada da Capoeira Grande, e um carro azul e branco entrou na estradinha, fazendo ranger os pneus. Era uma viatura da radiopatrulha!

— Essa não! — guinchou um dos Clóvis, alarmado.

— É a polícia! — guinchou outro.

— Fim de papo! — guinchou um terceiro.

E, de repente, foi uma debandada geral! O Chereta agarrou Domingão por um braço e arrastou-o para o fim do caminho de terra. Enquanto isso, os outros Clóvis se dispersavam, correndo para um lado e para o outro. Quando o carro da polícia deu uma freada, em frente ao bangalô, já não havia mais nenhum palhaço à vista.

O Chereta e Domingão tinham se metido pelo meio das árvores, nos fundos da propriedade, e pulado um muro de três metros de altura! Nenhum dos dois saberia dizer como é que tinham sido capazes dessa proeza, mas o fato é que, num abrir e fechar de olhos, já se encontravam no sopé do morro, pulando como cabritos.

— É por aqui! — gritou o Chereta, correndo na frente do crioulo.

Deram volta ao morro, pela esquerda, e foram sair numa outra vereda, no meio do mato, por onde alcançaram novamente a Estrada da Capoeira Grande. Não havia ninguém na rua. Os dois Clóvis continuaram a caminhada, apressadamente, até a esquina da Estrada do Catruz. Aí, encontram alguns transeuntes, mas nenhum deles os incomodou. O Chereta dirigiu-se para o terreno baldio, onde tinha deixado a motoca, montou nela e mandou Domingão fazer o mesmo. E o veículo partiu velozmente, em sentido contrário ao da Estrada da Capoeira Grande.

— Puxa! — suspirou Domingão, na garupa da motocicleta. — Que susto! Quase que a polícia nos pegava! E, depois, o que é que seu pai ia dizer?

— Deixe isso pra lá — retrucou o Chereta. — O que interessa é que estamos na pista dos assassinos! Agora, já sabemos que dois deles formam um casal e que o terceiro é danado pra dar cabeçadas.... Você mesmo levou algumas, não levou, Domingão?

— Levei, mesmo! Aquele palhaço troncudo parecia um boi, sempre de cabeça baixa! Mas não temos nenhuma pista, Chereta! Eles se mandaram! E só Deus sabe onde é que estarão agora!

— Temos uma pista, sim senhor! Você não viu a carinha de sem-vergonha daquele garoto sardento? Ele se chama Mariozinho e é filho de um pescador da Pedra, chamado Mestre Xavier... Você quer uma pista melhor do que essa?

Domingão não achava que isso fosse uma pista dos assassinos, mas, para não contrariar o Chereta, disse que não podia haver uma pista melhor.

CAPÍTULO IX

A SEGUNDA PISTA

Ao chegarem à esquina da Estrada da Pedra, o Chereta levou a motocicleta para o meio de um capão de mato, do lado esquerdo da rodovia. Aí, debaixo de uma mangueira, despiu o macacão e o bolero de Clóvis e tirou a máscara de caveira juntamente com a peruca de ráfia. Domingão fez a mesma coisa, feliz por ficar livre daquele disfarce. Embrulharam as roupas e puseram o pacote no quadro da motoca. Agora eles eram, outra vez, o Chereta e Domingão.

— Vamos voltar à Pedra? — indagou o crioulo. — Onde será que mora esse Mestre Xavier?

— Não será difícil de descobrir — respondeu a figurinha negra, ajeitando a nova cabeleira postiça, preta e assanhada. — Mas, antes de procurarmos a segunda pista, vamos almoçar!

Você não está ouvindo um barulhinho esquisito? É o meu estômago que está roncando...

— O meu também — confessou o crioulo. — Mas, para a gente almoçar, tem que voltar para o galpão de Vila Valqueire. Foi lá que você deixou o farnel.

— Não seja curto! — rosnou o Chereta. — vamos almoçar por aqui mesmo, em um restaurante da beira da praia. Ainda tenho duzentos cruzeiros,[21] que sobraram da compra das fantasias.

Saíram do matinho, montados na motoca, e dirigiram-se para a praia, pela Estrada da Pedra. Pouco depois, estavam na Rua Belchior da Fonseca. O Chereta viu uma churrascaria, numa esquina, e disse que podia ser ali mesmo. Os dois desmontaram e foram se sentar a uma das mesas do restaurante. Os fregueses eram poucos e nenhum deles se interessou pela dupla. A malha negra do Chereta não chamava atenção, porque estavam no carnaval.

Domingão pediu um churrasco de boi, mas o garção[22] informou que aquela churrascaria não era uma churrascaria, pois só servia frutos-do-mar. Acabaram pedindo uma peixada à moda da casa.

— Escute uma coisa — falou o Chereta, depois que o garção tomou nota dos pedidos. — Você conhece Mestre Xavier?

— Quem?

— Um pescador cem por cento respeitável, chamado Mestre Xavier, que tem um filho sardento e barrigudo, chamado Mariozinho. Eles devem morar por aqui.

— Ah, sim! Já sei! Mestre Xavier mora logo ali, na Rua Barros Alarcão, ao lado da capelinha. A Rua Barros Alarcão é aquela que fica junto da praia.

— Obrigado — concluiu o Chereta. — Pode ir buscar a peixada!

---

21 Nota do Org.: Nome da moeda brasileira, entre 1970 e 1986 (e em outros períodos de tempo, anteriores e posteriores).
22 Nota do Org.: Mesmo que garçom.

Não se arrependeram da escolha, porque o peixe cozido estava ótimo. Domingão comeu tanto que teve de desabotoar a cintura das calças. Depois da refeição, o Chereta pagou a conta e disse que estava na hora. Saíram do restaurante, montaram na motoca e se mandaram para a Praia da Pedra.

Foi fácil localizar a capelinha. Ao lado dela havia uma casa de meia-água, com algumas redes de pesca estendidas no quintal. Domingão bateu palmas e apareceu uma senhora baixa e barriguda, que atravessou o quintal para ir falar com eles no portão.

— Boa tarde, dona — disse o Chereta. — É aqui que mora Mestre Xavier e seu filho Mariozinho?

— É aqui mesmo — respondeu a mulher, amavelmente. — Meu marido está no mar e só volta às seis horas. Meu filho almoçou, fantasiou-se de Clóvis e saiu por aí. É um menino impossível, ninguém pode com ele! Não sei a que horas é que ele vem jantar.

O Chereta agradeceu as informações e disse que ia esperar por Mariozinho, pois tinha um assunto muito importante para tratar com ele. A mãe do garoto ficou desconfiada, mas não fez comentários.

— Entrem e sentem-se na varanda — disse ela. — Querem beber água? A gente quase não recebe visitas, por isso não tem muita coisa na geladeira...

Domingão pediu uma caneca com água, porque a peixada tinha muita pimenta e ele ficara com sede. A mulher do pescador atendeu-os gentilmente, deixou-os na varanda e entrou em casa, para tratar dos seus afazeres.

A espera foi longa. O Chereta e Domingão, impacientes, puseram-se a andar de um lado para o outro. Será que o carro da radiopatrulha tinha agarrado o Clóvis barrigudinho? Três horas... quatro horas... Afinal, um palhaço azul e branco, com a máscara de caveira na mão, entrou na varanda. Ao encontrar o Chereta e Domingão, o garoto arregalou os olhos.

— Quem são vocês?

— Sou o Chereta! — respondeu a figurinha negra. — Lembra-se da minha voz? Já não tenho aquela fantasia.

— Oh! Eu... eu ia trocar esta roupa, mas resolvi ir brincar na Baixada. Não vou deixar de pular só porque... Como foi que vocês souberam que eu moro aqui?

— Não interessa! Quero lhe fazer algumas perguntas, guri! E você vai responder direitinho! Certo?

— Não sei de nada! — protestou o menino, intimidado. — Eu só quero brincar. Não tenho nada a ver com aqueles Clóvis que assaltaram o bangalô!

— Fale baixo, que sua mãe pode ouvir!

— Ai, meu Deus!

— Você prefere se abrir com o Chereta ou com a polícia? Se eu quiser, posso entregá-lo ao delegado Amaral! Você é uma testemunha importante, tá sabendo? E o delegado Amaral é mau como um pica-pau!

— Eu... eu não sei de nada!

O Chereta baixou a voz:

— Sabe, sim! Quando teve aquela confusão, lá no quintal do bangalô, você disse: "Aqueles dois estavam usando a gente para fazer sujeira". Certo?

— Eu... eu não me lembro.

— Lembra, sim! Ora, se você disse "aqueles dois" é sinal de que os conhece! Se não conhecesse aqueles dois, você teria dito "aqueles três". Mas você só se referiu àqueles dois, ou seja, ao Clóvis mais alto e à moça delicada! É uma moça, não é?

— Eu...

— Responda!

— Sim, é. Aqueles dois... são um casal. Mas é só isso o que eu sei. Não conheço o nome deles, nem sei onde é que eles moram. Só sei que são namorados.

— Ah! São namorados?
— Parece, né? Uma vez, eu vi eles andando de mãos dadas, no maior embalo. Estavam mascarados de Clóvis, mas deu pra ver.
— Dois namorados, então. Isso não chega a ser uma pista. A Barra está cheia de namorados.
— Você quer uma pista?
— Lógico! Sou um detetive! Todos os detetives têm que seguir umas pistas! Alberico me deu a primeira pista, que me levou ao encontro do bloco dos Clóvis, e você vai me dar a segunda, a que vai me levar ao encontro dos assassinos! Certo?
— Eles... são assassinos?
— Ladrões e assassinos — confirmou o Chereta, com voz grave. — Foram eles que mataram aquele Clóvis, na Praia de Grumari. Agora tenho certeza disso. O que é que você sabe mais, sobre esse casal de namorados? Diga tudo o que sabe, vamos!

O garoto olhou receosamente para a porta da casa e baixou ainda mais a voz:

— Bem... Aquele galalau alto é quem comanda o bloco dos Clóvis aqui da Pedra. Eu nunca vi o rosto dele, nem da moça, nem dos outros dois que sempre o acompanhavam.
— Eram quatro, não é?
— É. Mas o quarto...
— Eu sei. O quarto foi morto na Praia de Grumari.
— Sim, deve ser isso mesmo. Ele não apareceu mais, nem ontem, nem hoje. Que horror!
— Continue! Você me disse que tinha uma pista!
— Eu? Não! Eu não disse...
— Se não disse, pensou! Você nunca viu o rosto deles, mas sabe que o galalau alto e a moça delicada são namorados! Se sabe disso, deve saber de mais alguma coisa! Onde é que eles costumam namorar?
— Não sei! Já disse que não sei quem são eles, nem onde moram! Mas...

Chereta enfrenta os Clóvis

— Mas...?

— Bem... Eu sei de uma coisa, que pode ajudar vocês a encontrarem o casal de namorados. Mas não digam a ninguém que eu lhes disse! Tenho medo daquele Clóvis! Você não viu o que ele fez com o outro?

— Pode confiar no Chereta — disse a figurinha negra, com os olhos acesos e a voz apagada. — O Chereta é discreto como um túmulo! Se você me der a segunda pista, ninguém vai saber que você falou. Como é? Fale!

— Bem... O galalau tem um *trigue*.

— Tem o quê? — indagou Domingão, sem se poder conter.

— Um automóvel desses abertos, baixinhos, que fazem uma barulheira danada. É um carrinho amarelo, com listras pretas, igual a um *trigue*.

— Você quer dizer *tigre*. E esse carro deve ser um bugre.

— É isso mesmo. No carnaval do ano passado, quando eu ia chegando para o encontro dos Clóvis, vi o galalau e a moça saltarem do *trigue*, na Estrada do Catruz. Nunca mais me esqueci disso. Mas tem mais. Faz alguns dias, vi o mesmo carrinho amarelo, parado numa oficina, lá em Campo Grande. Só não me lembro qual era a oficina. Acho que fica na Rua Campo Grande, perto do viaduto.

— Na Rua Campo Grande, hein? — murmurou o Chereta.

— É uma boa pista, guri! Obrigado! Agora, pode contar que o Chereta vai desmascarar os bandidos! Tchau!

E a figurinha negra se mandou, seguida por Domingão, para apanhar a motoca.

— Amanhã de manhã — disse o Chereta, quando montaram na máquina. — vamos fazer uma boa investigação, em Campo Grande! Esta noite não dá, porque não encontraremos as oficinas abertas. Mas, amanhã de manhã, elas costumam abrir. Agora, vamos voltar para Vila Valqueire! Nosso retiro acabou!

Agarrado às costas da figurinha negra, Domingão soltou o maior suspiro de alívio.

CAPÍTULO X

O DONO DO BUGRE

Vinte minutos depois, estavam de volta a Vila Valqueire. Eram cinco e meia da tarde. O Chereta deixou a motocicleta na esquina mais próxima do bangalô dos Rabanada, pediu a Domingão que esperasse por ele e foi pesquisar o ambiente. Não havia ninguém nas janelas da casa. A figurinha negra voltou para junto do crioulo e os dois empurraram a motoca até a garagem. A chave falsa funcionou perfeitamente. Guardaram a motocicleta, fecharam a garagem e atravessaram silenciosamente o quintal. Num instante estavam no galpão dos fundos. Aí, se separaram. Enquanto Domingão ia para o quarto dele, o Chereta tirou o cartaz "EM RETIRO" da porta e meteu-se no quarto de Milu. Mais dez minutos e tinha se transformado, outra vez, na filha do delegado Amaral. E foi a doce "Milu do 27" quem saiu do quarto, cinco minutos depois, e bateu à porta de Domingão. O negro apareceu logo, com os olhos arregalados, com medo de se meter noutra aventura.

— Sossega, leão — disse Milu, com um sorriso inocente. — Sou eu. Nosso retiro acabou. Vamos jantar com os nossos amáveis hospedeiros? Eles já devem estar com saudades da gente...

— E o farnel?

— Já tratei dele. Acabei de jogar os sanduíches na rua, onde alguns cães vadios estão fazendo um banquete... Venha, Domingão. Você já sabe: para todos os efeitos, passamos o dia em retiro, longe dessa festa pagã que é o carnaval! Agora, vamos jantar.

Domingão concordou, aliviado, e foram para o bangalô. O Sr. Armando Rabanada tinha passado a tarde no seu escritório de arquitetura, mas acabara de voltar para casa. Dona Filomena estava fazendo o jantar.

— Rezaram muito? — perguntou o dono da casa, quando Milu e Domingão apareceram na sala.

— Demais — respondeu a menina. —Nosso retiro foi completo. Tivemos bastante tempo para repousar o espírito. E amanhã, se Deus quiser, vamos passar o dia do mesmo jeito. Não é, Domingão?

— Rrrrr...

— Assim é que eu gosto — disse dona Filomena, aparecendo à porta da sala. — Você é tão meiga e religiosa, Milu! Quem me dera ter uma filha tão quietinha como você!

— Obrigada. Eu também gostaria muito de ser sua filha...

Às seis horas, jantaram e, depois, ficaram assistindo televisão na sala. Domingão recolheu-se às oito e meia, mas Milu ficou conversando com o casal até as dez e meia. Quando o relógio bateu onze horas, ela já estava dormindo tranquilamente, no seu quarto, vestida com a camisolinha cor-de-rosa.

Às sete horas da manhã seguinte, Domingão acordou com uma batida na porta. O crioulo estremeceu, pensando que fosse o Chereta. Mas ainda era a Milu.

— Vamos tomar café, Domingão — convidou a menina. — Dona Filomena já deve ter preparado o nosso novo farnel. Entramos em retiro, outra vez!

— Oh, não!

— Oh, sim! O Chereta precisa seguir a pista do bugre amarelo, para descobrir o dono dele.

— Mas... será que você não pode passar sem mim, Miluzinha?

— Eu posso, mas o Chereta não pode. Você quer contrariar o Chereta?

— Eu? Não! Nunca! Eu não quero contrariar ninguém!

Milu fez um sorriso encantador, deu um beliscão no braço do crioulo e obrigou-o a ir tomar café com ela. Realmente, dona Filomena já tinha preparado dois farnéis com carne assada, ovos mexidos e arroz. Milu e Domingão tomaram o café com leite, despediram-se dos donos da casa e ficaram incomunicáveis, outra vez. A filha do delegado pendurou o cartaz "EM RETIRO" na porta do galpão e tratou de se transformar no Chereta. Tudo aconteceu exatamente como no dia anterior. Quinze minutos depois, o Chereta e seu "secretário" saíram do galpão e foram apanhar a motocicleta na garagem. Ainda dessa vez ninguém os viu passar.

Depois de se afastarem bastante do bangalô da Rua dos Jambos, empurrando a motoca com o motor desligado, o Chereta e Domingão montaram na máquina e partiram para a nova missão secreta. Tomaram pela Avenida Marechal Fontenele e seguiram em frente, pela Avenida Santa Cruz. Antes das oito horas já estavam em Campo Grande.

— É perto do viaduto — lembrou o Chereta, ao entrarem na Rua Campo Grande.

— É o quê? — gritou Domingão, para se fazer ouvir por cima do pipocar da motoca.

— A oficina, onde Mariozinho viu o bugre! Preste atenção em todas as lojas que fiquem à direita; eu prestarei atenção nas que ficarem à esquerda. Quando virmos uma oficina mecânica, começaremos a investigação.

E assim foi. A Rua Campo Grande ficava paralela à Estrada de Ferro e não tinha lojas à esquerda; na altura da Rua Vítor Alves, Domingão deu um grito:

— É ali! Tem uma oficina naquela casa velha!

O Chereta diminuiu a velocidade e foi parar em frente à loja indicada. Havia diversos carros na rua, em fila dupla, porque a oficina era pequena e não comportava tanta freguesia. O Chereta e seu guarda-costas saltaram da motoca e foram conversar com um mecânico cabeludo, que consertava o motor de um fusca, na beira da calçada.

— Um bugre amarelo, com listras pretas? — estranhou o homem. — Não, não conheço. Nunca vi esse carro por aqui.

Outros mecânicos da oficina confirmaram a negativa. O Chereta agradeceu a todos, fez um sinal a Domingão, e os dois voltaram a montar na Suzuki, partindo vagarosamente pela Rua Campo Grande. O viaduto, que passava por cima da via férrea, não ficava longe. Depois de cruzarem mais três ruas, à esquerda, passaram por baixo da ponte de cimento. Não havia nenhuma outra oficina mecânica por ali. O Chereta continuou a viagem e desembocou numa praça.

— É ali! — apontou Domingão. — Tem um borracheiro ali adiante, na outra esquina, depois da pracinha!

A motoca atravessou a Praça dos Estudantes e foi estacionar na esquina seguinte. Uma tabuleta de madeira, escrita à mão, balançava sobre a entrada de um corredor, entre dois prédios sujos:

"BORACHEIRO"

O "artista" que pintara a tabuleta esquecera-se de um "r", mas dava para entender. O Chereta saltou da motoca, seguido por

Domingão, e entrou no corredor. Ao fundo deste, encontraram um mulato velho, vestido com um macacão sujo e ostentando um par de óculos na ponta do nariz.

— Bom dia, *senhô boacheio* — disse a figurinha negra, comendo propositadamente os "rr" das palavras. — Eu e meu amigo estamos interessados em *compá* um *bugue amaelo*, em listas *petas*, que foi visto *po* estes lados. Não sei se o *senhô* conhece o *caínho*. Estamos dispostos a *dá* uma boa *ecompensa* a quem *facilitá* o negócio...

— Hum! — fez o mulato. — Vocês querem comprar um bugre? Não *lhes* aconselho a fazer essa besteira. Mas, se quiserem outro carro, bom e barato, eu posso lhes arrumar. Um fusca, por exemplo. Eu sei...

— Só nos *inteessa* um *bugue amaelo*! — cortou o Chereta.

— Bem... Conheço um bugre dessa cor, mas o dono dele não quer vendê-lo. É um carro de estimação, acho eu.

— Nesse caso nada feito. Mas podemos *tentá inteessá* o dono no negócio... Onde é que podemos *falá* com ele?

— Hum!

— Confie em nós, *senhô boacheio*. Se fizermos negócio, eu volto aqui, *paa* lhe *dá* a *ecompensa*.

— Hum!

— Onde *moa* o dono do *bugue*?

— Não entendo.

— Pergunto onde mora o dono do bugre!

— Não sei.

— Estou vendo que o senhor sabe, mas tem medo de não receber a recompensa... No entanto, o senhor não tem nada a perder, se nós não lhe dermos nada; o senhor apenas deixa de ganhar... Certo?

— Hum!

— Portanto, vale a pena arriscar. Diga-nos onde mora o dono do bugre e espere pelo resultado. Se comprarmos o bugre, o senhor poderá receber a recompensa; se não comprarmos, ninguém recebe nada. Eu lhe darei dez por cento, está bem?

— Hum! Está bem, garotão. Mas não acredito que o rapaz venda aquele bugre envenenado. O nome dele é Durval... Durval Pesqueira Lago.

— O nome do bugre? — espantou-se Domingão.

— O nome do dono — replicou o borracheiro. — A família Pesqueira Lago é muito conhecida, aqui em Campo Grande. Gente cheia da nota, não sabe? O filho do doutor Pesqueira Lago tem um bugre amarelo, com listras pretas, que ele chama de *Trigue*. O motor é de fuscão e tem o cabeçote rebaixado. De vez em quando, ele vem aqui, para trocar os pneus. É um *pleibói*, aquele camarada, e gosta de se mostrar, no seu carrinho esporte... Mas o bugre até que não está muito maltratado.

— Onde posso encontrar o jovem Durval? — perguntou o Chereta.

— Eles moram numa mansão bacana, na Estrada da Ilha. É lá embaixo, depois da Estrada do Morro Cavado. A mansão dos Pesqueira Lago fica ao lado do cemitério. Não tem que errar; é só seguir as cruzes.

— Ao lado do cemitério... — repetiu Domingão, benzendo-se duas vezes. — Que Deus nos ajude!

Mas o Chereta sorria. Ele não tinha medo dos mortos; eram os vivos que perturbavam o bem-estar da sociedade!

CAPÍTULO XI

A BRONCA DO DR. PESQUEIRA LAGO

O borracheiro tinha razão: era fácil encontrar a mansão dos Pesqueira Lago. Chereta e Domingão desceram, na motoca, as Estradas do Monteiro e do Mato Alto, dobraram à esquerda, na Estrada do Morro Cavado, e seguiram em frente, pela Estrada da Ilha. O cemitério ficava à esquerda, logo depois da Estrada das Tachas. Antes de lá chegarem, porém, na altura da confluência da Estrada do Morro Cavado com as da Matriz e da Ilha, Domingão soltou um grito de espanto!
— Olha só! Neve! Como é que pode? Tem neve na Baixada de Guaratiba!
O Chereta olhou para o campo deserto, à direita da estrada, e teve um sorriso indulgente.

— Não é neve, Domingão. Onde foi que você viu neve no Rio de Janeiro?
— Estou vendo agora!
— Não seja curto! Aquilo é calcita. Mesmo que fosse neve, não ia aguentar um calor desses! No Brasil só cai neve nalguns pontos do Sul.

Uma grande extensão da campina estava coberta por uma espécie de cal, grossa e branca, que cintilava ao sol da manhã. Visto à distância, aquele trecho de terra branca, que ia acabar num morro pedregoso, parecia um campo de neve, como os que Domingão tinha visto em fotografias. O Chereta elucidou melhor:

— É uma jazida de calcário, misturado com quartzo, de onde extraem a cal. Tem outras jazidas dessas, na Baixada de Jacarepaguá.

— Que graça! Eu ia jurar que era a neve do polo, que tinha mudado de lugar! Hoje em dia, com essas experiências atômicas, está tudo mudando de lugar...

Continuaram a viagem, pela Estrada da Ilha, e logo viram as primeiras cruzes do cemitério. Foi só seguir o muro e chegaram ao portão principal. Mais adiante, depois de um outro muro, via-se uma casa de sobrado, em estilo mourisco,[23] parecida com uma mesquita.

— Aquela deve ser a mansão dos Pesqueira Lago — deduziu o Chereta. — Não tem outra residência bacana por aqui. E essa é impressionante!

Chegaram ao portão do cemitério e viram que estava aberto. Tudo, ao redor, continuava deserto e silencioso; apenas um passarinho pipilava,[24] ao longe. Como não havia outro lugar melhor onde pudessem ficar à vontade, o Chereta enfiou a motoca pelo portão aberto.

— Cuidado! — gemeu Domingão. — Olha as caveiras!

Também não havia ninguém, nem morto nem vivo, no interior do campo-santo.[25] Velhos túmulos e cruzes de cimento se

---
23 Nota do Org.: Mouro.
24 Nota do Org.: Piar.
25 Nota do Org.: Cemitério.

enfileiravam, de um e outro lado da alameda principal. O Chereta dirigiu a motoca para trás de um mausoléu caindo aos pedaços, freou e desligou o motor.

— Depressa, Domingão! Vamos nos fantasiar de Clóvis! Assim, se formos surpreendidos, ninguém conhecerá a nossa verdadeira identidade!

O crioulo não teve outro remédio senão vestir um macacão azul e branco. O Chereta fez o mesmo. Cinco minutos depois, estavam transformados em dois palhaços ameaçadores, com máscara de caveira e tudo.

— Você trouxe o *uóqui-tóqui*? — indagou Chereta, a meia-voz.

— *Truxe* — respondeu o negro, exibindo o aparelho receptor e transmissor de rádio. — O que é que eu devo *de* fazer?

— Fique aqui, escondido, com o *uóqui-tóqui* ligado. Eu ficarei em contato com você. Usaremos o código que eu lhe ensinei: "Ai, meu Deus!" quer dizer "Socorro" e "OVNI" quer dizer "Domingão". Entendeu?

— Entendi. Quer dizer que você vai, sozinho, procurar o dono do bugre?

— Lógico! Tenho medo de que você cometa outro dos seus desastres. Mas, se o jovem Durval engrossar, chamarei você, para me ajudar a dominá-lo. Certo?

— Certo! Só tem uma coisa...

— O quê?

— Não vou ficar aqui, neste cemitério, de jeito nenhum! Prefiro esperar por você mais perto da mansão, tá legal?

O Chereta concordou. Saíram do cemitério, sem ver ninguém, e encaminharam-se para a mansão mourisca. Era impressionante, aquelas duas caveiras saindo do meio dos túmulos e andando pela estrada! A meio do percurso, Domingão disse que ali estava bem — e meteu-se numa moita de capim alto, em frente ao muro do cemitério. Logo que ele desapareceu atrás dos tufos de verdura, o Chereta acenou afirmativamente, com a cabeça de caveira, e prosseguiu na caminhada, sacudindo o sarrafo com a bexiga amarela na ponta.

A mansão, coberta por tijolos vermelhos, tinha uma garagem do lado. Foi para lá que o falso Clóvis se dirigiu, depois de verificar que não havia ninguém nas janelas do prédio principal. A porta da garagem estava fechada com um cadeado. O Chereta enfiou a mão enluvada por uma abertura do macacão e tirou uma gazua[26] do estojo de pelica que levava por baixo da fantasia. Foi facílimo abrir o cadeado e afastar a corrente. A porta deslizou nuns trilhos bem lubrificados e a luz do dia penetrou no recinto escuro. O Chereta entrou, cautelosamente, e ficou parado, com as mãos na cintura, contemplando um dos dois automóveis que ali estavam guardados. Era um bugre amarelo, com faixas pretas onduladas, e tinha um nome pintado na Iateral: *TRIGUE*.

"Ora muito bem! Parece que encontrei o chefe da trinca de *lalaus*! Agora, só falta falar com ele e..."

Os pensamentos do Chereta foram interrompidos pelo soar de passos, na entrada da garagem. O falso Clóvis deu uma corrida, para se esconder atrás do bugre, mas não teve tempo de completar a manobra. Um homem alto e ameaçador acabara de surgir, na abertura da porta, e apontava um revólver para dentro!

— Não fuja! — advertiu ele. — Quem é você? O que está fazendo aqui?

Sua voz era fina e educada. O Chereta ergueu os braços, fazendo a bexiga de boi tremelicar na ponta do sarrafo.

— Desculpe, doutor... Não sou nenhum ladrão. Estou aqui para bater um papo com o jovem Durval. O senhor é o pai dele?

— Não me fale naquele malandro! — esbravejou o homem, sacudindo perigosamente o revólver que empunhava. — Durval não está em casa e espero que não me apareça tão cedo! Aposto que você é outro desses malditos Clóvis, que fazem estripulias

---

26 Nota do Org.: Chave-mestra.

por aí! Vocês são todos iguais! E, agora, estão envolvidos num crime de morte, não é verdade? Sim, eu sei de tudo! E não me admiraria nada se meu filho também estivesse metido nisso!

— Pois, então, não se admire — disse o Chereta, aproximando-se do homem. — Mas eu não sou um Clóvis da patota de seu filho, doutor. Sou o Chereta!

— Quem?

— O maior detetive da paróquia! E estou aqui para ouvir o que o jovem Durval tem a dizer em sua defesa. Também acho que ele está envolvido no crime da Praia de Grumari! Este bugre amarelo foi visto no local! Mas aquele outro carro não foi...

Havia um luxuoso Mercedes Benz na garagem, ao lado do bugre. O susto do Dr. Pesqueira Lago foi enorme.

— Oh, não! Era só o que me faltava!

— Calma, doutor! Guarde essa arma, antes que dispare sozinha!

O homem piscou os olhos, perplexo, e guardou o revólver no bolso. Usava um robe de chambre[27] amarelo, com um dragão preto bordado no peito.

— Eu... eu pensei que você fosse um ladrão, igual aos outros do bloco da Pedra, mas estou vendo que você é diferente... Vi, pela janela, quando você entrou na minha garagem e... só não acredito que seja um detetive!

— Acredite. Sou o Chereta, o Anjo da Guarda do delegado Amaral! E estou empenhado em decifrar o mistério da Praia de Grumari! Seu filho Durval tem muito o que contar sobre esse mistério! Ele, uma moça delicada, que também se veste de Clóvis, e um camarada parrudo, que anda sempre de cabeça baixa! O Chereta está na pista dessa trinca!

O homem voltou a bronquear:

— Eu devia esperar por isso! Sim, acredito que Durval tenha participado desse crime abominável! Meu filho sempre foi um malandro, um cínico, que só dá desgostos à família! Até a

---

27 Nota do Org.: Roupão de dormir.

mãe dele desistiu de pô-lo no bom caminho! Durval não liga a mínima para os conselhos dos mais velhos! Interrompeu os estudos, quando fez o vestibular, e começou a se dar com todos os maus elementos de Campo Grande! É a vergonha da família! Ele, Cinira e esse tal Marrada, que, felizmente, eu não conheço pessoalmente! São todos da mesma laia!

— Cinira? — estranhou o Chereta. — Marrada? Troque isso em miúdos, doutor...

— Cinira é a noiva de Durval — elucidou o Dr. Pesqueira Lago. — Uma garota magra, esguia, apelidada Nini, que já foi detida como contrabandista, no Aeroporto do Galeão! Ela viajava muito para os Estados Unidos, e acabou se metendo com contrabandistas internacionais! Que desgosto para os pais dela! Logo o doutor Evaristo, que é um industrial rico e conceituado como poucos! Mas Nini já não mora mais com a família. É uma peste! Foi ela que desencaminhou meu filho!

— Quanto a esse tal Marrada... — incentivou o Chereta.

— Esse Marrada eu não conheço — disse o homem, exaltado. — Mas sei que ele também desencaminhou meu filho! É um traficante e um ladrão! De vez em quando a polícia o mete no xadrez, mas ele sempre sai, para continuar a sua vida pouco recomendável! O pior é que Durval está seguindo o mesmo caminho, devido a essas más companhias! Ele não escuta os nossos conselhos, nem eu estou disposto a falar a toda a hora! Não há diálogo entre nós! É verdade que eu e minha mulher sempre levamos uma vida social muito intensa e temos pouco tempo para cuidar do rapaz, mas... se ele tivesse bons instintos e fosse um filho digno do nome que ostenta...

— Já vi tudo — disse o Chereta. — No fundo, os pais também têm um pouco de culpa, nos erros dos filhos! Essa "vida social intensa" impede que certos pais deem a seus filhos o carinho e o amparo de que eles necessitam... Até uma fera pode ser domada, com boas palavras e torrões de açúcar... Mas os senhores são egoístas e querem levar a sua vidinha alegre, pensando que seus filhos podem se criar sozinhos, sem um ambiente familiar sadio. Os pais também são culpados, doutor!

O homem soltou um rugido:

— Cale-se, seu moleque! Que atrevimento é esse? Você não tem o direito de me falar assim!

— O Chereta sempre fala o que pensa! Ponha a mão na consciência, doutor, e veja se eu não tenho razão. Se o senhor cuidasse mais da felicidade de seu filho, em vez de cuidar dos seus drinques e das suas recepções, ele talvez não chegasse ao ponto em que chegou. Não basta contratar professores, para educar as crianças rebeldes; é preciso que os pais também participem dessa educação! Veja no que deu o seu relaxamento: o jovem Durval, que já era uma boa bisca,[28] começou a se dar com maus elementos e acabou participando de um crime de morte! Nada disso aconteceria, se o senhor olhasse mais por ele! Bronquear, agora, não adianta!

O Dr. Pesqueira Lago piscou os olhos, aturdido, mas logo soltou outro grito de raiva:

— Basta! Fora daqui! Você não é a minha consciência! Você não passa de um moleque atrevido! Desapareça da minha frente, antes que eu chame a polícia!

— Pode deixar — concluiu o Chereta, encaminhando-se para a porta da garagem. — Quem vai chamar a polícia sou eu!

E fugiu, correndo, antes que o pai de Durval, bastante bronqueado, lhe acertasse um tiro nas costas!

---

28 Nota do Org.: Mau-caráter.

CAPÍTULO XII

O PAIOL DA MUAMBA

Mas o Chereta não estava satisfeito. Depois de correr pela frente da mansão, deu volta ao prédio e continuou a correr, pelas traseiras. Quando assomou[29] à esquina dos fundos da garagem, o Dr. Pesqueira Lago acabara de fechar a porta, com o cadeado. O Chereta esperou que o homem voltasse para casa e, logo que ele desapareceu, foi outra vez para a porta da garagem e tornou a abrir o cadeado, com a chave falsa. Entrou rapidamente e fechou a porta às suas costas, sem fazer o menor ruído.

Dentro da garagem, a escuridão era total. O Chereta tirou a lanterninha elétrica do estojo de pelica, metendo a mão enluvada por dentro do macacão azul e branco, e acendeu-a. Um jato de luz branca cortou as trevas. Orientado por ele, o falso Clóvis foi até o bugre e pôs-se a examiná-lo. Era evidente que não tinha manchas de sangue, nem qualquer outro indício que o ligasse à morte de Nelson Pirado. Mas tinha uns vestígios interessantes,

---

29 Nota do Org.: Apareceu.

nas calotas que protegiam as rodas... Eram pequenos resíduos de uma matéria branca, que cintilava à luz da lanterna de pilha. O Chereta passou um dedo enluvado pela superfície de uma calota e cheirou-o, esmagando aquela massa porosa.

— Cal... calcita! Isto é muito curioso...

Então se lembrou do "campo de neve", que tanto interessara Domingão. Mas a jazida de calcita não ficava na Estrada do Morro Cavado e sim no meio do campo aberto, junto da colina pedregosa, por onde, normalmente, não deviam transitar automóveis...

— Preciso dar uma busca na jazida de calcita! Quem sabe há algum grilo[30] escondido por lá?

Ainda foi examinar o luxuoso Mercedes Benz do Dr. Pesqueira Lago, mas não encontrou mais nenhuma pista. Então, saiu cautelosamente da garagem, abrindo e fechando a porta sem ruído, e tratou de ir ao encontro de Domingão.

O crioulo estava alerta, sentado na relva, dentro da moita de capim alto, com o *walkie-talkie* no colo. Dessa vez, ele viu o Chereta chegar.

— Tudo legal? — perguntou, desligando o radinho.

— Tudo! Vamos pegar a motoca, no cemitério, e dar um giro por aquele campo de neve. Depois te explico.

Voltaram ao cemitério, montaram na Suzuki e se mandaram, pela Estrada da Ilha, para a confluência dessa estrada com a do Morro Cavado. O enorme trecho da campina, coberto de barro branco, continuava deserto, cintilando ao sol. O Chereta saiu da estrada, dirigindo a motoca com perícia, e dirigiu-se para o local. Depois de uma longa observação, na superfície da jazida de calcita, encontrou os rastros de uns pneus de tala larga. Pertenciam ao bugre, sem dúvida alguma.

— Eles andaram por aqui... — murmurou o Chereta. — Por quê? Para quê? Este caminho vai dar naquele morro, que deve ser o Morro Cavado, que dá seu nome à estrada de rodagem...

---

30 Nota do Org.: Gíria dos anos 1970 para "problema", "coisa errada".

Vamos seguir a pista, Domingão! — acrescentou, em voz mais alta. — Ela tem que nos levar a alguma parte, você não acha?

— Eu nunca acho nada — suspirou o crioulo. — Só vivo perdendo! O que é que você está procurando?

— Não sei. Mas talvez encontre o paiol da muamba! Ele não deve ficar muito longe da casa do jovem Durval...

— O paiol de quê?

— Da muamba, pombas! Você não sabe o que é muamba? São as coisas furtadas, ou contrabandeadas! E "paiol" é o mesmo que "depósito", ou "esconderijo", na linguagem dos contrabandistas! Morou?[31]

— Êta cabecinha de ouro! — exclamou Domingão, afagando a cabeleira de ráfia do moleque. — Você sabe de tudo, Milu! Quem *"havera"* de dizer!

— Pare de me chamar de Milu! — bronqueou o Chereta. — Milu não sabe de nada! Eu sou o Chereta!

— Até que não — sorriu o crioulo. — Agora, você é o Clóvis... E eu também!

Antes de atingir o morro, o tabuleiro de cal acabava abruptamente. Também não havia mais sinais dos pneus do bugre. O Chereta seguiu em frente, pela campina deserta, fazendo a motoca saltitar por cima do solo pedregoso, e foi frear junto ao sopé do morro. Era uma colina de pedra, com alguma vegetação teimosa brotando de seus interstícios.

— Engraçado — comentou o Chereta. — Não vejo nenhum buraco, nesse morro...

— E era para ver? — perguntou Domingão.

— Lógico! Como é o nome do morro? Cavado! "Morro Cavado" só pode ser "morro com buraco"! Escavou, fez buraco! É ou não é?

— É. Tem razão. Você sabe de tudo! Vamos procurar a cavação? Quem sabe é o paiol da muamba?

---

31 Nota do Org.: Gíria que significa "Entendeu?".

Chereta enfrenta os Clóvis

Saltaram da motoca e puseram-se a esquadrinhar o flanco noroeste do morro. Pouco a pouco, foram subindo, pelo aclive, agarrados às pedras e aos arbustos. Nada! Mas não desistiram. Depois de meia hora de buscas, estavam no alto do morro. Então, desceram pelo outro lado. Nada, ainda! Só quando já tinham descido bastante, e se encontravam quase ao nível da baixada, é que o Chereta deu um grito de vitória:

— Achei!

Tinha removido uma laje fina e quadrada, que tapava uma escavação na terra dura do morro. Parecia um túnel. Mas era tão estreito e tenebroso que Domingão ficou assustado.

— Sem essa! Eu não vou entrar nesse covil! De jeito nenhum! Sabe lá se tem algum bicho escondido aí dentro? Eu não gosto nem de tatu!

— Tá legal — condescendeu[32] o Chereta. — Pode haver perigo, mesmo. Se esta caverninha der no paiol da muamba, como eu penso, pode ter alguma armadilha preparada, à espera dos incautos... Fique aqui fora, Domingão. Vou entrar sozinho!

— Você não tem medo, não?

— Nenhum. O Chereta não tem medo de nada! Só se eu fosse a Milu é que estaria tremendo de medo... Mas eu não sou a Milu!

Assim mesmo, as pernas dele tremiam um pouco.

— E eu? — indagou Domingão. — Que é que eu faço?

— Ligue o *uóqui-tóqui* e espere por mim. Você já conhece o código. Se eu cair numa armadilha, direi: "Ai, meu Deus". E você vai me buscar. Ou, se tiver medo de entrar no buraco, vai chamar a polícia. Combinado?

— Combinado. Deus permita que você não diga nada e volte, direitinho, para junto de mim! Depois disso, você fica satisfeita e a gente vai almoçar em Vila Valqueire, não vai?

— Depende do que eu encontrar aí dentro. Se alguém tampou a entrada da escavação, é sinal de que tem algum grilo en-

---

32 Nota do Org.: Concordou.

terrado no morro! Não saia daqui! E fique de olho na Baixada, para ver se não vem ninguém!

Dito isto, o supermoleque meteu-se pela estreita abertura, deixando Domingão sentado numa pedra, suspirando de impaciência, com o *walkie-talkie* no colo.

O corredor subterrâneo era comprido e inclinado para baixo, como a toca de um tatu. As paredes de pedra não tinham nenhum nicho.[33] O Chereta engatinhou, ao longo dele, examinando tudo. O ar estava cada vez mais rarefeito e sufocante. A certa altura, o túnel era tão estreito que o supermoleque teve que rastejar como lagartixa. Mais adiante, as paredes do corredor se abriam, formando uma caverna. Pelos cálculos do Chereta, depois de ter andado tanto, já devia estar no lado oposto do morro. Aí, teve o prêmio de seu sacrifício: havia um nicho, numa das paredes de pedra, acima de sua cabeça. O Chereta acendeu a lanterninha elétrica, pôs-se nas pontas dos pés e enfiou a mão esquerda, enluvada, no buraco da rocha. E retirou-a cheia de objetos metálicos e cintilantes! *Joias!* Tinha encontrado o paiol da muamba!

Nervosamente, o supermoleque tirou para fora anéis, colares, braceletes, relógios e outras miudezas. Havia uma verdadeira fortuna, naquele nicho! É verdade que cada objeto, separado dos outros, não tinha grande valor, mas o conjunto de tantas miudezas não era para se desprezar...

Depois de fazer um rápido exame nos artigos roubados, o Chereta enfiou tudo, outra vez, no esconderijo da caverninha. Já sabia quem eram os ladrões e onde ficava o paiol; agora, só lhe restava avisar o delegado Amaral.

Nisso, ouviu o canto de um pássaro, que vinha de uma das paredes da gruta, do lado oposto àquele por onde tinha entrado:

"Bem-te-vi..."

Será que o corredor subterrâneo ia sair no flanco oriental do Morro Cavado?

---

33 Nota do Org.: Pequeno espaço para dentro da parede.

Cautelosamente, o supermoleque bateu nas paredes, até encontrar uma laje que soava oco. Empurrou a pedra, com decisão, e ela escorregou de seu encaixe, caindo fragorosamente.[34] A abertura dava para o ar livre! E dois pássaros, assustados, levantaram voo, pertinho dali.

— Não tenham medo — murmurou o Chereta, sorrindo maliciosamente. — Eu sou amigo dos passarinhos e seria incapaz de prendê-los numa gaiola... Não são vocês que eu quero meter nas grades!

O sorriso morreu em seus lábios, por baixo da máscara de caveira. Nesse momento, uma mão enorme, enluvada de preto, entrou pelo buraco do morro e agarrou-o pelo pescoço! O falso Clóvis foi puxado para fora e viu, na sua frente, três Clóvis verdadeiros, cada um mais ameaçador do que o outro! Os bandidos tinham chegado ao paiol da muamba a tempo de apanhar o espião com a boca na botija!

---

34 Nota do Org.: Com grande estrondo.

CAPÍTULO XIII

A CONFISSÃO

Antes que o Chereta saísse da sua surpresa e esboçasse um gesto de defesa, o Clóvis mais alto e parrudo agarrou-o pelos pulsos, enquanto o Clóvis mais alto continuava a sujeitá-lo pelo pescoço.

— Vamos levá-lo para dentro da cova! — rosnou este último.

— Vá buscar aquelas cordas, Nini! Está na cara que este xereta descobriu o paiol!

O Clóvis magro e delicado fez um aceno e desceu o trecho do morro que os separava da Baixada. Entretanto, os outros mascarados empurravam o Chereta para dentro da caverna. Ali, na meia penumbra, o Clóvis parrudo tirou a máscara de caveira que ocultava o rostinho pálido e sardento do supermoleque.

— Ah, ah! — exclamou o Clóvis mais alto. — É um garoto! Pensei que fosse um anão!

— É o mesmo que atrapalhou o nosso golpe, na mansão do Cabaceiro! — acrescentou o Clóvis mais baixo. — O que é que vamos fazer com ele?

— Nada — respondeu o primeiro bandido. — A Natureza se encarregará de tudo!

A ameaça deixou o Chereta preocupado. O que seria que a Natureza poderia fazer contra ele? Será que os bandidos iam provocar um terremoto e soterrá-lo no fundo daquela caverninha?

— Vocês foram desmascarados — disse o supermoleque, logo que o Clóvis mais alto tirou a mão de seu pescoço. — Não adianta me prenderem, seus *lalaus*, porque a polícia já está na minha pista! Eu sou o Chereta!

— Você é o quê? — indagou o Clóvis parrudo.

— Sou o maior detetive da Barra! — disse o supermoleque, orgulhosamente. — E o Chereta já sabe que foram vocês os assassinos de Nelson Pirado! Foi você, Durval Pesqueira Lago — acrescentou, apontando para o Clóvis mais alto. — foi você, Marrada — e apontou para o Clóvis mais baixo. — e foi a Cinira, ou Nini, que é um elemento tão perigoso como vocês dois! Mas, agora, os três estão fritos!

Ao ouvirem a acusação, os dois Clóvis estremeceram.

— Ele sabe! — murmurou o bandido parrudo.

O outro encarou o Chereta, com um olhar de ódio, através da máscara de caveira.

— Papai me disse que você esteve fuxicando na garagem — rosnou. — Foi por isso que viemos correndo para aqui. Acabei de ver a sua motoca lá fora. Como foi que você descobriu o meu nome e o meu endereço?

— Você foi identificado pelas cuecas — respondeu o Chereta. — O Clóvis que penetrou pela janela daquele bangalô, na estradinha, tinha cuecas brancas, com bolinhas amarelas. Ora, o jovem Durval, filho do doutor Pesqueira Lago, usa cuecas da mesma cor! Exatamente iguais a essas, que você está usando neste momento! Durante aquela briga, na estradinha, eu rasguei os fundilhos do seu macacão de palhaço!

O jovem Durval virou-se e seu cúmplice viu-lhe a roupa descosida, com as cuecas aparecendo.

— Essa não! — exclamou o Clóvis baixo e parrudo.

— Essa sim! — retrucou o Chereta, enfiando a mão pela abertura do macacão azul e branco. — O Chereta sabe de tudo! Agora, só falta vocês confessarem o crime, para evitarem um castigo maior!

— Ele sabe! — repetiu o Clóvis parrudo. — Esse moleque é danado!

— O termo é "diabólico" — sorriu o Chereta, abrindo o estojo de pelica, por dentro do macacão. — Ninguém segura o Chereta! Desta vez, vocês estão fritos! Se não confessarem os seus crimes, justificando o assassínio de Nelson Pirado, será pior para vocês! Mas, se confessarem tudo, talvez eu lhes dê uma colher de chá, junto ao delegado Amaral...

Os dois palhaços se entreolharam, espantados. Nesse momento, o terceiro Clóvis entrou na gruta, trazendo um rolo de cordas nas mãos enluvadas de preto.

— Vamos amarrá-lo direitinho — disse o bandido mais alto.

— Depois vamos deixá-lo no fundo da escavação, num lugar onde ninguém o veja! Dentro de alguns dias, ele estará morto de fome e de sede! A Natureza é muito forte!

O Chereta tentou reagir, dando pontapés no ar, mas os três mascarados acabaram por amarrar-lhe os pulsos e os tornozelos, reduzindo-o à impotência. Em seguida, o Clóvis mais alto curvou-se para ele.

— Você sabe demais, moleque! — sibilou, fremente[35] de ódio.
— Mas ninguém poderá provar nada contra nós! Somos apenas três Clóvis, iguais aos outros! Só você é que deve conhecer os nossos verdadeiros nomes!

---

35 Nota do Org.: Tremendo.

— Eu e o meu secretário — esclareceu o Chereta. — Todos os detetives particulares têm um ajudante, encarregado de fazer contato com a polícia oficial. Neste momento, o meu secretário foi buscar as autoridade da Décima Sexta Delegacia Policial. Portanto, eu não vou morrer de fome e de sede! Vocês é que vão curtir o xadrez, pelos roubos que praticaram e pela morte de seu cúmplice Nelson Pirado!

— É mesmo! — guinchou o Clóvis magro e delicado. — Eles eram dois! Também tinha um Clóvis, alto e forte, lá no Caminho do Cabaceiro!

— Não acredito que outro xereta fosse chamar a polícia — retrucou o jovem Durval. — Esse moleque está querendo nos enrolar! Ninguém tem provas de que fomos nós que matamos Nelsinho!

Ficaram em silêncio, por um momento; depois, o Clóvis mais baixo rouquejou:

— Se ele sabe de tudo, a polícia também vai acabar sabendo! Não será melhor a gente entrar num acordo com ele? Eu não matei aquele traidor à toa! Eu só queria lhe dar uma surra!

— Cale a boca! — gritou Durval. —Ninguém confessa nada! Você não está vendo que esse moleque quer nos enrolar? Se ele morrer de fome e de sede, aqui, neste buraco, ninguém mais vai saber da verdade!

— O ajudante dele deve saber — acudiu a moça vestida de Clóvis. — Eu também não queria matar Nelsinho! Eu só queria dar-lhe uma lição!

— Seus medrosos! — rugiu Durval. — Agora, vocês estão querendo tirar o corpo fora, hein? A verdade é que todos nós queríamos matar Nelsinho, para que ele não nos denunciasse!

— O móvel do crime — disse o Chereta. — tem uma grande influência sobre os jurados. Se, realmente, vocês tinham motivos para se vingarem de um traidor, talvez sejam absolvidos pela

Justiça. Pode ser que a polícia esteja errada e não tenha sido um latrocínio...

— A polícia pensa que nós matamos Nelsinho para roubar? — espantou-se o Clóvis baixo e parrudo.

— Sem dúvida alguma. E a pena para um homicídio é de trinta anos de cadeia!

— Mas não foi um latrocínio! — acudiu a moça vestida de Clóvis. — A gente formava uma patota legal, que "afanava" as coisas das casas vazias. Os outros bobões do bloco de Clóvis não sabiam de nada; a gente se aproveitava deles para criar confusão... Já faz cinco anos que a gente "trabalhava" desse jeito. Nelsinho era o nosso "olheiro". Aí, ele falou que queria uma parte maior, nos lucros dos "afanos". Ameaçou denunciar Durval aos homens, se a gente não lhe desse a metade dos bagulhos. Foi por isso que a gente acabou com ele.

— O pretexto é muito louvável — sorriu o Chereta. — Vocês apenas se defenderam de uma chantagem revoltante. Foi quase um crime em legítima defesa... Tenho certeza de que os jurados vão considerá-los inocentes.

— Você acha? — murmurou a moça.

— Sem dúvida alguma — mentiu o Chereta. — Quer dizer, então, que era o jovem Durval que guardava o produto dos roubos, nesta caverna? Nelsinho não sabia onde estava a muamba?

— Nelsinho não sabia — confirmou o Clóvis parrudo. — Ele era nosso contratado e recebia uma "grana" por fora. Só nós três é que sabíamos onde estavam escondidos os bagulhos. E só nós é que vendíamos um ou outro, de vez em quando, para não dar na vista...

— Sim — continuou a moça vestida de Clóvis. — nós apenas demos fim a um traidor! Ele queria receber mais do que merecia; queria receber tanto quanto Durval, que é o chefe da patota! Assim, não dava!

— Assim, não dava — concordou o Chereta. — O bandido tinha que ser silenciado, antes que estragasse tudo! Qualquer filme de gângsteres ensina isso!

— Certo — completou o Clóvis parrudo. — Foi aí que nós atraímos Nelsinho àquelas rochas, na Praia de Grumari, dizendo que a muamba estava naquele lugar... e baixamos o sarrafo nele!

— Sarrafos de ferro — lembrou o Chereta. — Vocês não usam paus, como os outros Clóvis do bloco da Pedra; vocês usam canos de ferro, com uma bexiga amarela na ponta... Certo? É por isso que os seus sarrafos nunca se quebram... e foi por isso que Nelson Pirado morreu! Sarrafo de metal não é mole!

Os três Clóvis olharam para os canos de ferro que empunhavam e voltaram a encarar o Chereta.

— É isso mesmo — admitiu Durval, erguendo a sua arma. — Nós matamos Nelsinho, com estes canos, e vamos completar a obra em você! Nini e Marrada foram na sua conversa e acabaram confessando tudo, mas eu sou mais esperto do que eles! Você não vai ficar vivo, neste buraco, à espera da fome e da sede! Vou acabar com a sua raça, seu moleque intrometido!

E deu o primeiro golpe, com o cano de ferro, na direção do Chereta. O grito do supermoleque retumbou na caverna:

— OVNI! Ai, meu Deus!

E, então, como num passe de mágica, um novo Clóvis, alto e parrudo, assomou à saída do corredor subterrâneo. Era Domingão. Durante a sua conversa com os assassinos, o Chereta tinha ligado o *walkie-talkie*, por baixo do macacão, e o crioulo ouvira tudo. Agora, ali estava ele, depois de ter atravessado o túnel do morro, pronto para socorrer a filha do delegado Amaral!

CAPÍTULO XIV

QUEM COM FERRO FERE...

O cano de metal passou zunindo a dois dedos da cabeça do Chereta, e foi bater estrepitosamente na parede de pedra da caverna. O Clóvis alto e forte não teve tempo de dar outro golpe; Domingão já tinha atravessado a gruta, em dois saltos, e agarrado o agressor pelas costas.

— Dá-lhe duro, Domingão! — gritou o Chereta, empolgado. — Você chegou na horinha!

Mas os outros dois Clóvis atacaram o crioulo, a golpes de canos de ferro, obrigando-o a largar o jovem Durval. Este logo se recuperou da surpresa e também passou a agredir Domingão, com o seu cano de ferro ornamentado com a bexiga amarela. Foi debaixo de uma chuva de pancadas que o crioulo se ajoelhou, aos pés do Chereta, e desamarrou-lhe as cordas dos pulsos e dos tornozelos.

— A hora é essa! — gritava o Clóvis alto e forte.

— Mata! — berrava o Clóvis baixo e parrudo.

— Esfola! — vociferava o Clóvis magro e delicado.

E tome sarrafada, na nuca e nas costas de Domingão! Felizmente, o crioulo tinha a cabeça dura e não chegou a perder os sentidos. Logo que o Chereta ficou livre das cordas, ele se voltou para os seus agressores e também pôs em ação o seu sarrafo. Mas a luta era desigual. O nariz de Domingão já estava sangrando e um de seus olhos começava a ficar maior do que o outro.

— A hora é essa!

— Mata!

— Esfola!

O Chereta pôs-se de pé e também entrou na briga, distribuindo pontapés contra os bandidos.

— *Entrechat! Battement! Du rade!*

Alguns de seus coices acertavam o alvo, mas ele também levava muitas sarrafadas, que acabaram por lhe tirar todo o entusiasmo. Os três Clóvis eram resistentes e estavam decididos a matar os dois heróis. O sarrafo de madeira de Domingão já tinha se quebrado ao meio, enquanto os canos de ferro dos bandidos continuavam inteiros.

— Não dá, Domingão! — gritou Chereta, protegendo a cabeça com os braços. — Vamos ser massacrados por esses assassinos!

— Vamos ser, não — gemeu o crioulo. — Eu já estou sendo!

A luta ainda se prolongou por alguns minutos, com golpes de parte a parte. O Clóvis alto e forte acabou por perder a máscara de caveira, enquanto o Clóvis baixo e parrudo já estava com a caveira na nuca. Mas nenhum deles desistia de bater e apanhar.

— Depressa, Domingão! — gritou o Chereta, ao ver as coisas mal paradas. — Temos que escapar deste covil! Se você ainda tem pernas, me siga!

E disparou, em ziguezagues, para a saída da caverna, driblando as sarrafadas que caíam em cima dele. Domingão fez o mesmo, embora ainda apanhasse alguns golpes nas costas.

— Atrás deles! — ordenou o jovem Durval, com o rosto contraído pelo ódio. — Não podemos deixar que eles avisem a polícia! Vamos matá-los!

O Chereta e Domingão já tinham atravessado a boca da escavação e estavam descendo o trecho do morro que os separava da Baixada. Os três Clóvis saíram da caverna, no encalço dos fugitivos, soltando gritos de guerra:

— A hora é essa!

— Mata!

— Esfola!

Foi uma corrida desesperada! Mas, para surpresa de Domingão, quando ele e o seu companheiro chegaram ao lugar onde estava a motoca, o Chereta respirou fundo, arregaçou a manga do macacão, olhou para o seu relógio de pulso e disse, com a maior calma do mundo:

— Muito bem. Não era preciso correr tanto. Eles se atrasaram demais.

— Ligeiro! — replicou o crioulo, afobado. — Vamos fugir daqui! Vamos chamar a polícia! A polícia! A polícia!

E pulou para a garupa da motocicleta.

— Calma — tornou o Chereta, recolocando a máscara de caveira no rosto. — Não se afobe, Domingão. Não quero que aqueles *lalaus* nos percam de vista.

— Mas eles vão nos matar! Os *sarrafados* deles machucam pra chuchu!

— Calma. São apenas onze e meia. Temos que esperar pelo meio-dia.

— Como assim, meio-dia?

— Depois você compreenderá. Tenha calma, tá legal?

Os três Clóvis — dois deles sem as máscaras — vinham correndo, pela planície, brandindo ameaçadoramente os canos de ferro.

— Vamos andando — disse o Chereta. — A ratoeira já está preparada; espero que os ratos caiam dentro dela...

E montou na motocicleta, acionando o pedal da partida. O motor pegou e começou a pipocar. Mas o veículo não partiu.

— Ligeiro! — implorou Domingão.

— Calma. Vamos dar tempo ao tempo.

Os três Clóvis já estavam prestes a alcançá-los, quando Durval deu meia-volta e correu noutra direção. Seus cúmplices imitaram-no.

— Eles desistiram! — regozijou-se Domingão.

— Que nada. Vão buscar o bugre... Exatamente como eu imaginava.

Realmente, os bandidos correram para o carrinho amarelo com listras pretas, que estava estacionado a uns duzentos metros de distância.

— Ligeiro! — voltou a implorar Domingão.

— Calma — voltou a dizer o Chereta.

Num instante, os bandidos tinham pulado para dentro do bugre, de cambulhada,[36] e o carrinho arrancou, avançando velozmente na direção da motocicleta.

— Agora, sim — disse o Chereta. — Vamos embora, Domingão!

E a motoca também arrancou, pulando como cabrito, pela campina cheia de pedrinhas. O bugre mudou de direção e foi atrás dela, sacolejando também.

— Aí vêm eles! — gemeu Domingão. — Mais depressa, Chereta! Desse jeito, eles acabam nos pegando!

— Calma. Não podemos avançar muito, senão eles desistem de nos perseguir. E eu quero ser perseguido, morou?

---

36 Nota do Org.: Muitas pessoas juntas.

Domingão não entendia nada. Seu espanto e seu susto foram maiores ao ver que o Chereta dava voltas, com a motoca, quando poderia correr em linha reta. Esse expediente fazia com que a distância entre eles e o bugre continuasse sempre a mesma.

— Mais depressa, Chereta! Olha eles aí! Ai, meu São Jorge! Nem quero ver!

Mas, cada vez que o carrinho amarelo se aproximava muito da motoca, o Chereta aumentava a velocidade — e a distância voltava a ser a mesma. Nessa brincadeira de cão e gato, os dois veículos atingiram a Estrada da Ilha, dobraram à direita e entraram na Estrada da Matriz. A perseguição continuou, ao longo da nova rodovia, e chegaram à Pedra de Guaratiba. Na entrada da Estrada do Catruz, o Chereta parou a motoca e esperou que o bugre se aproximasse um pouco mais; em seguida, fez a Suzuki dobrar à direita e subiu a nova estrada, até a esquina da Estrada da Capoeira Grande. Só então o crioulo compreendeu as intenções do moleque. Tinham ido parar no local de encontro do bloco de Clóvis da Pedra e, como já era meio-dia, os outros mascarados começavam a aparecer, para brincarem no último dia de carnaval!

— Qual é a sua? — perguntou Domingão, com um olho mais arregalado do que o outro.

— Você já vai ver — respondeu o Chereta, dando uma risadinha.

Havia cinco Clóvis azuis e brancos, sentados na beira da calçada, conversando com voz de falsete. O Chereta freou a motoca, saltou e correu ao encontro deles.

— Alerta, camaradinhas! Aí vêm os assassinos de Clóvis!

Os cinco mascarados puseram-se de pé, espantados, empunhando os seus sarrafos com as bexigas de boi amarelas. Um deles encarou o Chereta, entortando a cabeça e a máscara de caveira. Era o jovem Alberico.

— Que história é essa, garotão?

O Chereta apontou para o bugre, que se aproximava pela Estrada do Catruz.

— Desmascarei os *lalaus* que mataram aquele Clóvis na Praia de Grumari! Aí vêm eles, armados com sarrafos de metal! Pau neles, gente boa! Aqueles Clóvis se aproveitaram de vocês, para fazer das suas! São criminosos e precisam ser entregues à policia!

Nisso, o bugre chegou e freou violentamente.

— A hora é essa! — acrescentou o Chereta.

Durval, Marrada e Nini saltaram do carrinho e avançaram, brandindo os seus canos de ferro. Foi então que começou a "Grande Guerra da Pedra de Guaratiba". Quando os três bandidos correram para o Chereta e Domingão, dispostos a derrubá-los com as pancadas de suas armas, os outros cinco Clóvis avançaram contra eles e começaram a desancá-los com os seus sarrafos de madeira.

— Pega! — gritou Mariozinho, o filho de Mestre Xavier, que também fazia parte da patota. — Pega os Clóvis assassinos! Não queremos maus elementos no nosso bloco! Pega! Pega!

Durval, Marrada e a moça viram que não podiam enfrentar tantos Clóvis incrementados e tentaram voltar, correndo, para o bugre — mas o Chereta e Domingão já tinham tomado a frente deles e tirado as chaves do painel do carrinho. A pancadaria continuou, ao lado do bugre, até que os três bandidos, já machucados pelos sarrafos de madeira, perderam os canos de ferro e também passaram a ser agredidos com eles.

— Quem com ferro fere... — começou o Chereta.

— ...com ferro será ferido! — completou Domingão, triunfante.

Pouco depois, Durval era dominado pelos outros Clóvis e amarrado ao tronco de uma árvore. Marrada sofreu o mesmo tratamento. Apenas a moça, Nini, foi metida no bugre, onde ficou chorando, de raiva e desespero.

— Bom serviço, camaradinhas — elogiou o Chereta, ao ver os bandidos presos. — Aguentem a mão, que eu vou chamar os homens! O Chereta agradece a colaboração dos Clóvis da Pedra! Tchau!

E, depois de entregar as chaves do bugre ao jovem Alberico, fez um sinal a Domingão. Antes que os outros Clóvis saíssem de seu assombro, ele e o seu guarda-costas montaram na motoca e se mandaram, com medo de serem desmascarados também.

EPÍLOGO

A caminho de Jacarepaguá, o Chereta parou a motocicleta, num terreno baldio, e despiu a fantasia de Clóvis. Domingão fez o mesmo, com muito sacrifício, por causa das dores no corpo. Em seguida, o supermoleque empunhou o seu *walkie-talkie* e pôs-se a falar, no microfone embutido:

— Alô, alô, Delegacia da Barra! Alô, alô, delegado Amaral! Um... dois... três... Câmbio!

No seu gabinete da 16ª Delegacia Policial, o Dr. Amaral ouviu o apito do seu próprio *walkie-talkie*, escondido numa gaveta da secretária. Como não havia ninguém por perto, ele abriu a gaveta, apanhou o aparelho e apressou-se a responder:

— Alô, alô! Delegado Amaral na escuta! Câmbio!

No terreno baldio, a figurinha negra continuou:

— Aqui fala o Chereta! Solucionado o mistério da Praia de Grumari! Os assassinos do Clóvis estão presos, amarrados a duas árvores, na esquina da Estrada do Catruz com a da Capoeira Grande, em Pedra de Guaratiba! Tome nota, doutor! Vou lhe dar todas as dicas!

E revelou ao delegado o resultado de suas investigações, inclusive a confissão dos responsáveis pelos roubos nas casas vazias e pela morte de Nelson Pirado. Depois disso, desligou o *walkie-talkie*, voltou a montar na motoca e se mandou, com Domingão na garupa, para Vila Valqueire.

Uma hora depois, já estavam no galpão dos fundos da casa dos Rabanada, onde o endiabrado Chereta voltou a se transformar na doce "Milu do 27". Almoçaram a carne assada, os ovos mexidos e o arroz dos farnéis, e continuaram "em retiro", cada um no seu quarto, até a hora do jantar. Quando Milu foi chamar Domingão, às seis horas da tarde, encontrou o crioulo gemendo, com um chumaço de algodão em cima do olho esquerdo, que tinha inchado bastante.

— Você não deu sorte — comentou a menina, penalizada. — Agora, temos que dizer ao doutor Armando e a dona Filomena que você levou um tombo, de mau jeito, e bateu com a cara na cabeceira da cama... Espero que eles acreditem.

Foi o que fizeram. O jantar transcorreu alegremente e, às dez e meia, tudo estava em silêncio, na casa velha da Rua das Camélias, esquina da Rua dos Jambos.

Na manhã seguinte, quarta-feira de cinzas, não havia mais carnaval. Milu disse que estava encerrado o seu "retiro espiritual" e despediu-se afetuosamente do casal Rabanada. Domingão já não sentia tantas dores nas costas e o seu olho começava a desinchar. Pegaram a motocicleta e voltaram triunfalmente para o bangalô da Barra.

— Vamos dizer a mamãe que você levou um tombo e machucou o olho — sugeriu Milu, ao frear a motoca em frente ao portal do quintal. — Mas pare de coçar as costas e de capengar, Domingão! Nenhum tombo faria você se machucar na cara e nas costas, ao mesmo tempo! Aguente firme, tá legal?

O pobre crioulo suspirou e tratou de disfarçar as dores que sentia. Mas, no fundo, ele estava aliviado, pois a aventura acabara e o Chereta não iria mais obrigá-lo a bancar o detetive...

— Gostaram do retiro? — indagou dona Helena, quando os viu chegar.

— Muito, mãezinha — respondeu Milu, com infinita candura.[37] — Rezamos à beça e pedimos a Deus que nos protegesse e fosse indulgente para com os pagãos que brincam no carnaval. Foi pena que o Domingão tivesse levado aquele tombo; acho que São Jorge não olhou muito por ele...

Na hora do almoço, o Dr. Jorge Amaral apareceu, afobado, mas com o rosto redondo aberto num sorriso.

— Oi, papai! — saudou Milu, indo beijá-lo na testa. — Tudo legal?

— Tudo ótimo! — exclamou o delegado. — Decifrei o mistério da Praia de Grumari! E já prendi os assassinos daquele contraventor!

— Não diga! Tão depressa?

— Foi tudo uma questão de raciocínio, minha filha. Fiz algumas deduções e cheguei à conclusão de que os culpados deviam voltar a se encontrarem com os outros Clóvis do bloco de Pedra de Guaratiba. E, realmente, foi o que aconteceu! Eles voltaram!

— Que maravilha! — gritou Milu, batendo palmas. — Eu não disse que o meu paizinho é o maior delegado do mundo? Puxa, como eu estou orgulhosa de ser sua filha! O senhor é o maior! É o maior! É o maior!

— Ora, meu bem! Tive apenas sorte, nada mais. Há outros policiais mais competentes do que eu. A diferença é que eu sempre encontro as testemunhas-chaves, e eles não.

— Mas, afinal, quem foi que matou aquele Clóvis? — perguntou Milu, de boca aberta e dentuça espetada para fora.

— Foram outros três mascarados do bloco — esclareceu o Dr. Amaral. — Tal como eu presumia! Eles eram quatro ladrões, que aproveitavam o carnaval para assaltar as casas vazias que encontravam pelo caminho. Sempre roubavam pouca coisa, para

---

[37] Nota do Org.: Doçura.

Chereta enfrenta os Clóvis

que os lesados não dessem queixa à polícia... Até que, no sábado passado, houve um desentendimento entre eles e os três mataram o quarto, a pancadas, na Praia de Grumari. Escolheram aquele recanto porque o local está quase sempre deserto.

— Quem são os três?

— Um *pleibói* chamado Durval Pesqueira Lago, um marginal apelidado Marrada e uma moça chamada Cinira, vulgo Nini, que é noiva de Durval. Foi a moça que confessou o crime, embora eu já suspeitasse de tudo, nos seus mínimos detalhes. Armei uma cilada aos três Clóvis, em Pedra de Guaratiba, e avisei os meus colegas da Trigésima Quinta Delegacia, que foram prendê-los naquele local. A Pedra não pertence à minha jurisdição.

— Que emocionante! E os criminosos caíram na sua cilada?

— Caíram como patinhos! Ah, ah, ah! Quando o delegado da Trigésima Quinta DP chegou à Pedra, ontem à tarde, os bandidos já estavam presos pelos próprios foliões do bloco de Clóvis. Aliás, devo esclarecer que fui ajudado por uma testemunha-chave, que também fazia parte do bloco e...

— Já sei! — disse Milu, ocultando um sorriso de malícia. — Foi o Chereta!

O delegado estremeceu.

— Hein? Que Chereta, menina? Lá vem você, outra vez, com o Chereta! Esse Chereta não existe, minha filha! A testemunha a que me refiro é um jovem chamado Alberico, que suspeitava dos golpes da quadrilha infiltrada no bloco de Clóvis. Realmente, os culpados me falaram num moleque sardento, fantasiado de palhaço, que teria se envolvido no caso... mas não há provas de sua existência! Nenhum dos outros Clóvis viu esse moleque sardento. Agora, Durval, Marrada e Nini estão presos, na Trigésima Quinta DP, e à disposição da Justiça. Também encontrei o esconderijo dos objetos furtados, no Morro Cavado, perto da mansão do pai de Durval.

— E quem lhe disse onde era o esconderijo? — indagou a menina, com o mesmo ar inocente. — Não teria sido o Chereta?

— Mas que Chereta?! — explodiu o Dr. Amaral. — Já lhe disse que esse moleque é um produto da imaginação das testemunhas! Fui eu quem decifrou o mistério, como das outras vezes! O resto é fantasia!

Nesse momento, dona Helena apareceu à porta da sala.

— Chega de conversas desagradáveis, pai — disse ela. — O almoço já vai para a mesa! Tratem de ir lavar as mãos!

— Tem razão, paizinho — concluiu Milu, beijando o gordo delegado na testa. — Foi outra vitória da polícia! O Chereta não existe! O senhor é que é o maior detetive da paróquia!

E cruzou os dedos atrás das costas, pedindo a Deus que lhe perdoasse a mentirinha...

* * *

SOBRE O AUTOR

H**élio do Soveral** é autor de nada menos que cinco séries infantojuvenis, para as quais escreveu 89 livros, entre 1973 e 1984: *A Turma do Posto Quatro, Os Seis, Bira e Calunga, Missão Perigosa* e *Chereta*. Publicou mais de cem outras obras em gêneros como ficção científica, terror, suspense, bangue-bangue, policial e espionagem, roteirizou filmes, escreveu peças e atuou por mais de 50 anos como radialista, tendo a seu crédito a primeira história seriada da rádio brasileira (*As aventuras de Lewis Durban*, pela Tupy, em 1938) e o programa de peças policiais de maior duração (*Teatro de mistério*, com mais de mil episódios e quase 30 anos no ar). É ainda o criador do Inspetor Marques, do memorável agente secreto K.O. Durban e um dos escritores a dar vida à inesquecível personagem Brigitte Montfort.

SOBRE O ORGANIZADOR

Leonardo Nahoum é professor de Língua Portuguesa e Literaturas nas redes municipais de Rio das Ostras e Silva Jardim, pós-doutorando e doutor em literatura comparada pela Universidade Federal Fluminense, mestre em estudos literários, jornalista e licenciado em Letras. Autor dos volumes *Livros de bolso infantis em plena ditadura militar* (AVEC, 2022) e *Histórias de Detetive para Crianças* (Eduff, 2017), da *Enciclopédia do Rock Progressivo* (Rock Symphony, 2005) e de *Tagmar* (primeiro *role-playing game* brasileiro; GSA, 1991), dirige, ainda, o selo musical Rock Symphony, com mais de 120 CDs e DVDs editados, e dedica-se a pesquisas no campo da literatura infantojuvenil de gênero (*genre*, não *gender*), com foco em escritores como Carlos Figueiredo, Ganymédes José, Gladis N. Stumpf González e, claro, Hélio do Soveral.

SOBRE A ORGANIZAÇÃO E EDIÇÃO DOS ORIGINAIS

As artes-finais de *Chereta enfrenta os Clóvis*, encontradas durante nossas pesquisas de mestrado e doutorado, já refletiam o trabalho de edição da Ediouro para o romance de Hélio do Soveral. O datiloscrito não constava mais dos arquivos, mas sim as páginas preparadas em fotocomposição e recorta-e-cola manual. Os desenhos em preto e branco de Teixeira Mendes para o miolo não faziam parte do material sobrevivente, mas sim a arte de capa colorida de Noguchi. O livro, nesta edição da AVEC, ganhou prefácio de Dagomir Marquezi, nosso parceiro na defesa pela memória do escritor português-carioca, um posfácio de nossa autoria, e ilustração de capa de Tibúrcio (a arte não aproveitada de Noguchi, porém, pode ser vislumbrada ao final do volume, em nosso texto sobre *Chereta enfrenta os Clóvis* e a série, assim como inúmeros documentos do processo editorial original).

AGRADECIMENTOS DO ORGANIZADOR

Este livro e este pesquisador têm uma dívida de gratidão enorme para com Anabeli Trigo (*in memoriam*), Vanessa Trigo e Dagomir Marquezi, por sua dedicação à memória de Soveral; para com Úrsula Couto (Ediouro), por sua imensa ajuda e boa vontade ao nos franquear acesso ao acervo do escritor em Bonsucesso; para com Sérgio Araújo, por sua ajuda com a digitação dos originais; para com Artur Vecchi, da AVEC Editora, por compreender a importância deste histórico resgate; e para com minha família, pelo precioso tempo roubado.

POSFÁCIO

Leonardo Nahoum[1]

Hélio do Soveral (1918-2001) é o segredo mais bem guardado da cultura brasileira. Ele era multimídia muito antes desse termo existir. Romancista, contista, tradutor, roteirista de cinema, televisão, quadrinhos, rádio (seu Teatro de Mistério faz sucesso até hoje), tradutor de Edgar Allan Poe. Nascido em Portugal, escolheu o bairro de Copacabana como lar. Faleceu num acidente estúpido, completamente esquecido pelo país que o adotou. Mas nos deixou uma obra tão vasta que uma parte dela está aflorando aos poucos, para nossa alegria. (MARQUEZI, 2018)

É assim que Dagomir Marquezi começa a apresentar o autor português Hélio do Soveral na orelha do romance *O Segredo de Ahk-Manethon*. Um segredo infelizmente ainda pouco investigado cuja extensa produção pede mais estudiosos e leitores. Como dissemos em nossa introdução à mesma obra,

---

[1] O texto a seguir é baseado nos capítulos "Desvendando os segredos da *Mister Olho* – Segunda Parte: autores, tiragens, desenhistas, contratos, edições e títulos" e "Hélio do Soveral, o escritor dos (mais de) 19 pseudônimos e heterônimos, e a série *A Turma do Posto Quatro*: autoria acusmática na busca da *Stimmung*", da tese de doutorado *Mister Olho: de olhos abertos... ou será que não? Uma análise crítica da coleção infantojuvenil Mister Olho e de seus autores à luz (ou sombra...) da ditadura militar* (2019), de nossa autoria, e já apareceram em versão ligeiramente diferente na Introdução ao livro *O Segredo de Ahk-Manethon* (2018, AVEC Editora), no Posfácio de *A Fonte da Felicidade* (2020, AVEC Editora) e/ou nos Capítulos 2 e 3 de *Livros de bolso infantis em plena ditadura militar* (2022, AVEC Editora).

> A importância do legado de Hélio do Soveral, em diversas áreas da vida cultural brasileira, é (...) inegável, incontornável e digna de resgate e estudo. Se, no mundo do romance policial, [por exemplo,] Rubem Fonseca segue sendo o nome academicamente incensado por natureza, Soveral é de longe o mais prolífico. Basta ficar nos mais de mil roteiros escritos para rádios como Tupy e Nacional e nos seus detetives memoráveis: o Inspetor Marques, o norte-americano Lewis Durban e o brasileiro Walter Marcondes. (PACHE DE FARIA, 2018, p. 18)

Em nosso mapeamento da Coleção *Mister Olho*, para a qual Soveral escreveu nada menos que 89 livros (sendo um inédito; este que você agora tem em mãos, leitor) para cinco séries diferentes, com uma tiragem total de 856.100 exemplares ao longo de nosso recorte temporal, 1973-1979 (somam-se a eles outras 313.521 cópias, das edições fora da coleção), procuramos trazer alguma luz ao autor que, se ainda é lembrado por suas décadas como radialista (ator, produtor, redator de novelas), é praticamente desconhecido como um dos mais populares escritores infantojuvenis que o país jamais soube que teve!

Em primeiro lugar, precisamos dizer que é mais que provável que a Coleção *Mister Olho*, como *corpus* literário brasileiro, deva a sua existência ao autor baseado em Copacabana. Em entrevista de 16 de agosto de 1975 ao *Estado de S. Paulo*, Soveral, ao comentar a carreira de escritor de livros de bolso (ele então já escrevera dezenas para a Monterrey), dá a entender que dera uma de "entrão", conseguindo emplacar o conceito de que pagar a profissionais locais seria mais fácil e barato do que recorrer a traduções.

> Disse para o editor que, em vez de comprar os direitos dos péssimos livros policiais estrangeiros que publicavam lá, e ainda ter que pagar tradutor, era mais econômico para a editora e para o país pagar um escritor nacional mesmo. (...) [E, no caso dos infantojuvenis,] quando soube que [uma outr]a editora ia comprar os direitos de uma autora estrangeira, dei o mesmo golpe dos romances policiais. Para que desperdiçar divisas, minha gente? Brasileiro sabe escrever tão bem ou melhor que os escritores do resto do mundo. Eles ouviram e foi confirmada uma profecia do próprio Lobato: crianças e adolescentes são o melhor e mais fiel mercado literário. (SOVERAL, 1975, p. ?)

A outra editora a que Soveral se refere é, claro, a própria Ediouro. Não é possível saber como o português soube dos planos para a coleção em andamento, mas arriscamos uma hipótese: Soveral teria recebido a dica do ilustrador Jorge Ivan, que era quem assinava os desenhos de suas crônicas na seção *Drama & Comédia*, do jornal carioca *Última Hora*, onde escreveu exatos 469 textos entre 19 de agosto de 1971 e 3 de abril de 1973 (material para futuros trabalhos nossos...). Jorge Ivan, nesse período aproximado (não pudemos precisar quando), trabalhou como diretor de arte justamente na Edições de Ouro. Ele é autor, inclusive, das quatro primeiras capas de Soveral na *Mister Olho*, todas na *Turma do Posto Quatro*. Outro documento que corrobora a ideia de Soveral como abridor de caminhos para o escritor nacional junto às Edições de Ouro é que, em seu acervo, consta uma carta (Figura 1) endereçada à José Olympio Editora (mas com o nome da Vecchi rabiscado à caneta, como que preparando uma segunda tentativa), na qual ele oferece seus serviços como autor de livros de bolso: na missiva, datada de 26 de maio de 1969, Soveral lista vários planos de séries em todos os gêneros (*western*, policial, terror, erótico, ficção científica, etc.) e faz a defesa tanto do *produto* quanto do *produtor*:

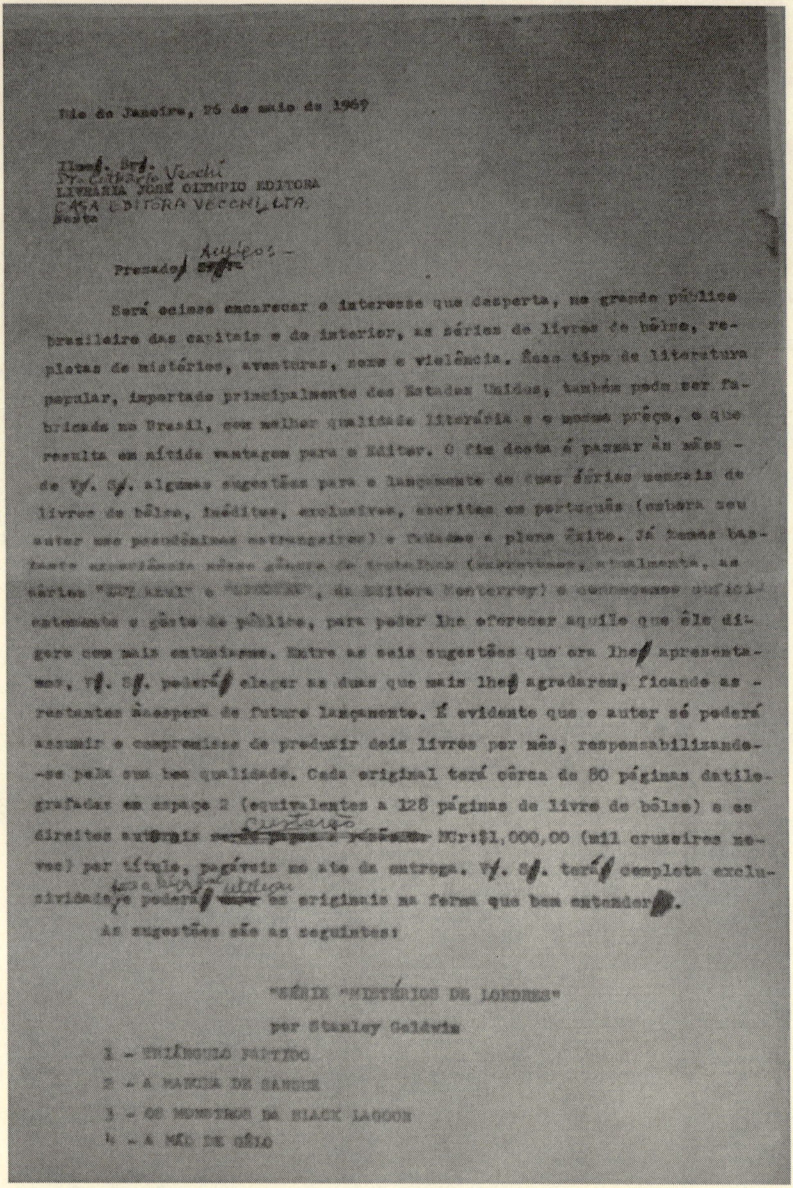

Figura 1 - Carta de Soveral à José Olympio Editora (e à Editora Vecchi) com oferta de várias séries de livros de bolso.

Prezado amigo, será ocioso encarecer o interesse que desperta, no grande público brasileiro das capitais e do interior, as séries de livros de bolso, repletas de mistérios, aventuras, sexo e violência. Esse tipo de literatura popular, importado principalmente dos Estados Unidos, também pode ser fabricado no Brasil, com melhor qualidade literária e o mesmo preço, o que resulta em nítida vantagem para o Editor. O fim desta é passar às mãos de V. Sa. algumas sugestões para o lançamento de duas séries mensais de livros de bolso, inéditos, exclusivos, escritos em português (embora seu autor use pseudônimos estrangeiros) e fadadas a pleno êxito. Já temos bastante experiência nesse gênero de trabalhos (escrevemos, atualmente, as séries "ZZ7 Azul" e "SPECTRE", da Editora Monterrey) e conhecemos suficientemente o gosto do público, para poder lhe oferecer aquilo que ele digere com mais entusiasmo. (SOVERAL, 1969, p. 1)

Na página quatro da mesma carta, podemos vislumbrar a sinopse (Figura 2) de Soveral para o que parece ser seu primeiro plano de trabalho infantojuvenil seriado: *Calunga, um herói brasileiro*.

Série infantojuvenil, narrando as estripulias de um boneco (desenhado) que cria vida ao morrer o menino que o desenhou. Vivente e imortal, Calunga penetra nos livros célebres, retrocede no tempo e no espaço, e participa de grandes acontecimentos históricos, tirando, de cada aventura, conclusões morais e instrutivas. (SOVERAL, 1969, p. 4)

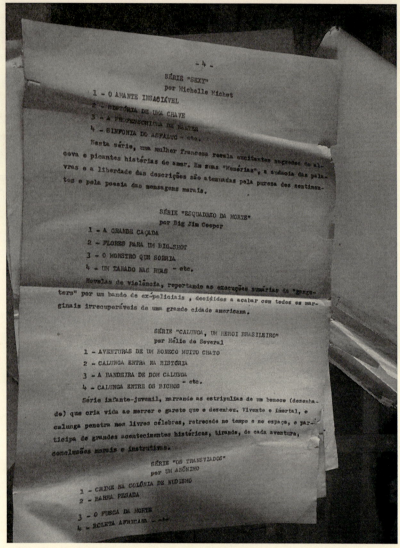

Figura 2 - Primeira ideia registrada de Soveral para uma série infantojuvenil: *Calunga, um herói brasileiro* (1969).

Em algumas das notas manuscritas suas (Figura 3) sobre o projeto, que localizamos em seu acervo, Calunga é descrito como alguém que enfrentaria "os militares e os exploradores do povo" (SOVERAL, 196?, p. 1). Uma pena que a série *Calunga* tenha sobrevivido apenas como o nome do cão do menino Bira, um dos protagonistas dos livros *Bira e Calunga*. Em todo caso, é interessante ver como Hélio do Soveral já se preparava para tomar de assalto as impressoras da Ediouro e as fileiras da Coleção *Mister Olho*, poucos anos depois.

Além destes projetos anteriores, para editoras diferentes, o autor tentou emplacar também outros trabalhos junto à Ediouro, mais ou menos na mesma época de suas obras publicadas. Alguns planos sobreviventes mostram-nos o que poderiam ter sido outras séries infantojuvenis de Soveral e chamam atenção, em especial, pelo tanto de colorido e temática nacional que ele pretendia dar a elas. A mais antiga é a que bolou com o nome de *O Mistério de...* (Figura 4).

> A Família Travassos, moradora num subúrbio do Rio de Janeiro, tem um casal de filhos de 11 e 12 anos (Lucinha e Djair) que são uns meninos muito imaginativos e vivem encontrando mistérios terríveis nas coisas mais simples da vida. Mas o fato é que há sempre algo mais ou menos estranho naquilo que eles veem... A dupla tem uma gata angorá, chamada Sinhá (que pertence a Lucinha), um cãozinho caniche (*poodle*) chamado Bitruca (que pertence a Djair) e um papagaio cinzento, chamado Chiribita, que pertence aos dois. Cada vez que se metem em complicações (quase sempre durante as férias de junho ou de fim de ano), Lucinha e Djair chamam seus priminhos Dedé e Dadá para ajudá-los. Dedé e Dadá têm 13 anos e são gêmeos idênticos, mas um deles é corajoso e o outro é medroso às pampas. As aventuras dessa turminha legal, envolvida em perigos reais ou em "gaffes" monumentais, constituem os argumentos desta série infantojuvenil. (SOVERAL, 197?a, p. 1)

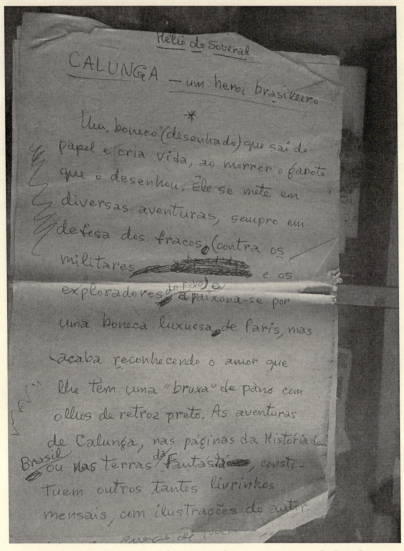

Figura 3 - Notas manuscritas sobre a série *Calunga*, com a menção a "militares" e a "exploradores do povo".

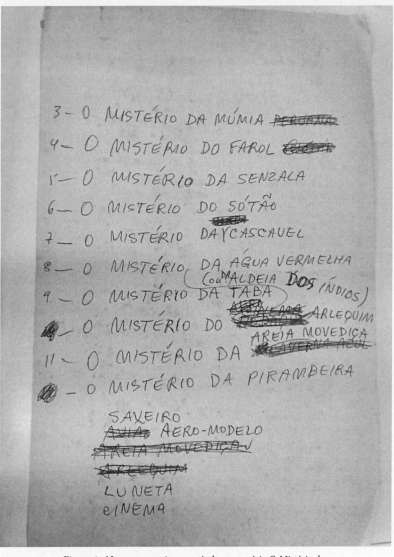

Figura 4 - Nota manuscrita com títulos para série *O Mistério de...*

Em sua sinopse e em suas notas (Figuras 5 e 6), Soveral lista cerca de doze títulos para a série e descreve o argumento dos dois primeiros livros que, tanto quanto sabemos, nunca foram desenvolvidos pelo autor.

Outra destas séries apenas concebidas se chamaria *Histórias do Patropi* (Figura 8), com narrativas "infantis, ambientadas no sertão brasileiro, semelhantes às lendas dos nossos índios, (...) cheias de engenho e humor (mas sempre contendo um fundo moral), [nas quais] as aves, as feras e as plantas têm o dom da palavra" (SOVERAL, 197?b, p. 1). Soveral aproveitaria a mesma ideia para uma proposta ligeiramente diferente, de nome *Histórias do Pindorama* (Figura 7), mais ou menos na mesma época.

A última dessas sagas não realizadas (Figura 9), também imaginada na década de 1970, a julgar pelos valores pedidos como direitos autorais (embora o papel em melhores condições sugira uma data mais recente), se chamaria *O branco e o vermelho*. Nela, Soveral iria desenvolver um tema que parecia interessá-lo, a julgar por sua presença recorrente em livros de séries como *A Turma do Posto Quatro*: os índios e seus constantes conflitos com os posseiros.

> Série de novelas de ação, contando as aventuras de dois garotos – um louro, de 15 anos, e um índio, de 12 – que vivem na margem esquerda do Rio Araguaia, em plena floresta de Mato Grosso. Aí, eles enfrentam os perigos da selva e os bandidos internacionais que até ali vão, ora para invadir a reserva dos índios, ora para roubá-los, ora para escravizá-los e mandá-los para fazendas distantes. Zé Carlos, o menino louro, é filho de posseiros e Taquima, o curumim, filho de um cacique da tribo dos Carajás. A amizade entre os dois garotos é tão grande e sincera que um seria capaz de morrer em defesa do outro. (SOVERAL, 197?c, p. 1)

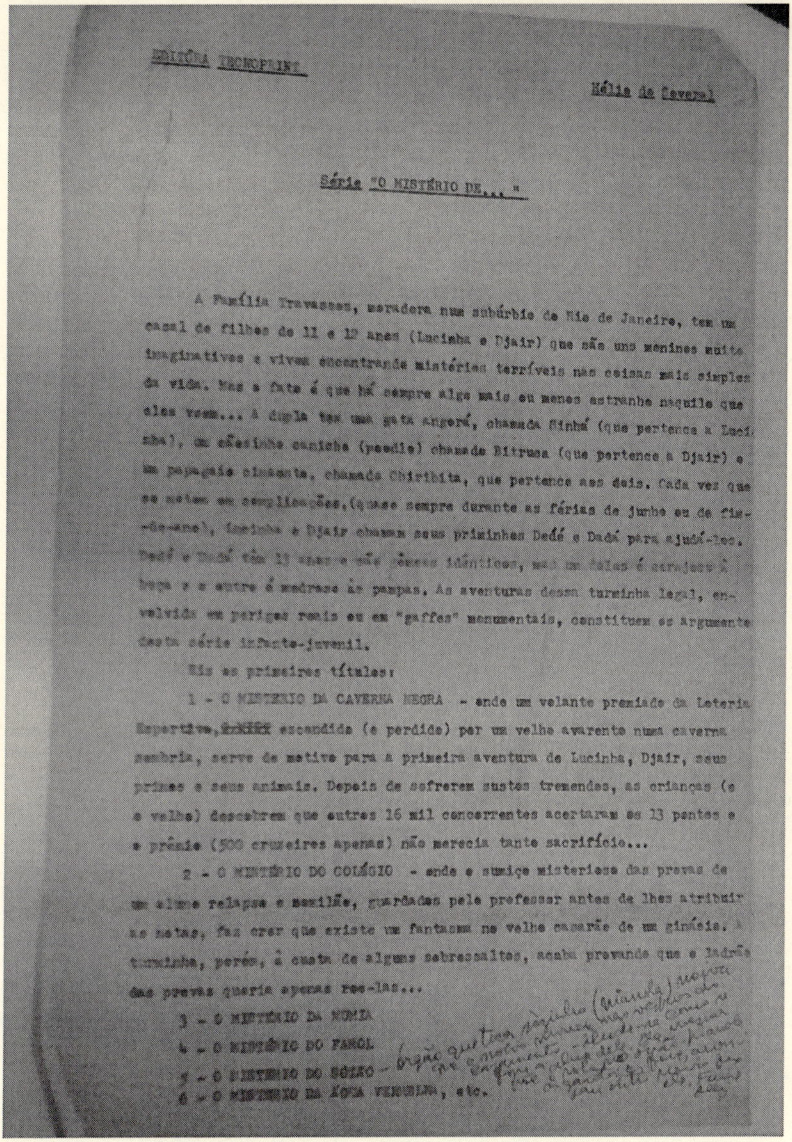

EDITÔRA TECNOPRINT

Hélio do Soveral

Série "O MISTÉRIO DE... "

A Família Travassos, moradora num subúrbio do Rio de Janeiro, tem um casal de filhos de 11 e 12 anos (Lucinha e Djair) que são uns meninos muito imaginativos e vivem encontrando mistérios terríveis nas coisas mais simples da vida. Mas o fato é que há sempre algo mais ou menos estranho naquilo que eles veem... A dupla tem uma gata angorá, chamada Sinhá (que pertence a Lucinha), um cãozinho canicha (poodle) chamado Bitruca (que pertence a Djair) e um papagaio cinzento, chamado Chiribita, que pertence aos dois. Cada vez que se metem em complicações, (quase sempre durante as férias de junho ou de fim-de-ano), Lucinha e Djair chamam seus priminhos Dedé e Dadá para ajudá-los. Dedé e Dadá têm 13 anos e são gêmeos idênticos, mas um deles é corajoso à beça e o outro é medroso às pampas. As aventuras dessa turminha legal, envolvida em perigos reais ou em "gaffes" monumentais, constituem os argumentos desta série infanto-juvenil.

Eis os primeiros títulos:

1 - O MISTÉRIO DA CAVERNA NEGRA - onde um volante premiado da Loteria Esportiva, escondido (e perdido) por um velho avarento numa caverna sombria, serve de motivo para a primeira aventura de Lucinha, Djair, seus primos e seus animais. Depois de sofrerem sustos tremendos, as crianças (e o velho) descobrem que outros 16 mil concorrentes acertaram os 13 pontos e o prêmio (500 cruzeiros apenas) não merecia tanto sacrifício...

2 - O MISTÉRIO DO COLÉGIO - onde o sumiço misterioso das provas de um aluno relapso e mandrião, guardadas pelo professor antes de lhes atribuir as notas, faz crer que existe um fantasma no velho casarão de um ginásio. A turminha, porém, à custa de alguns sobressaltos, acaba provando que o ladrão das provas queria apenas roê-las...

3 - O MISTÉRIO DA MÚMIA

4 - O MISTÉRIO DO FAROL

5 - O MISTÉRIO DO SÓTÃO

6 - O MISTÉRIO DA ÁGUA VERMELHA, etc.

Figura 5 - Sinopse datilografada da série *O Mistério de...*

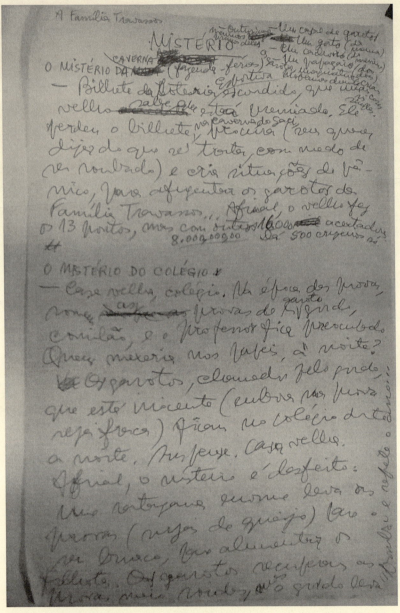

Figura 6 - Anotações manuscritas com entrecho de dois livros planejados para a série O *Mistério de...*

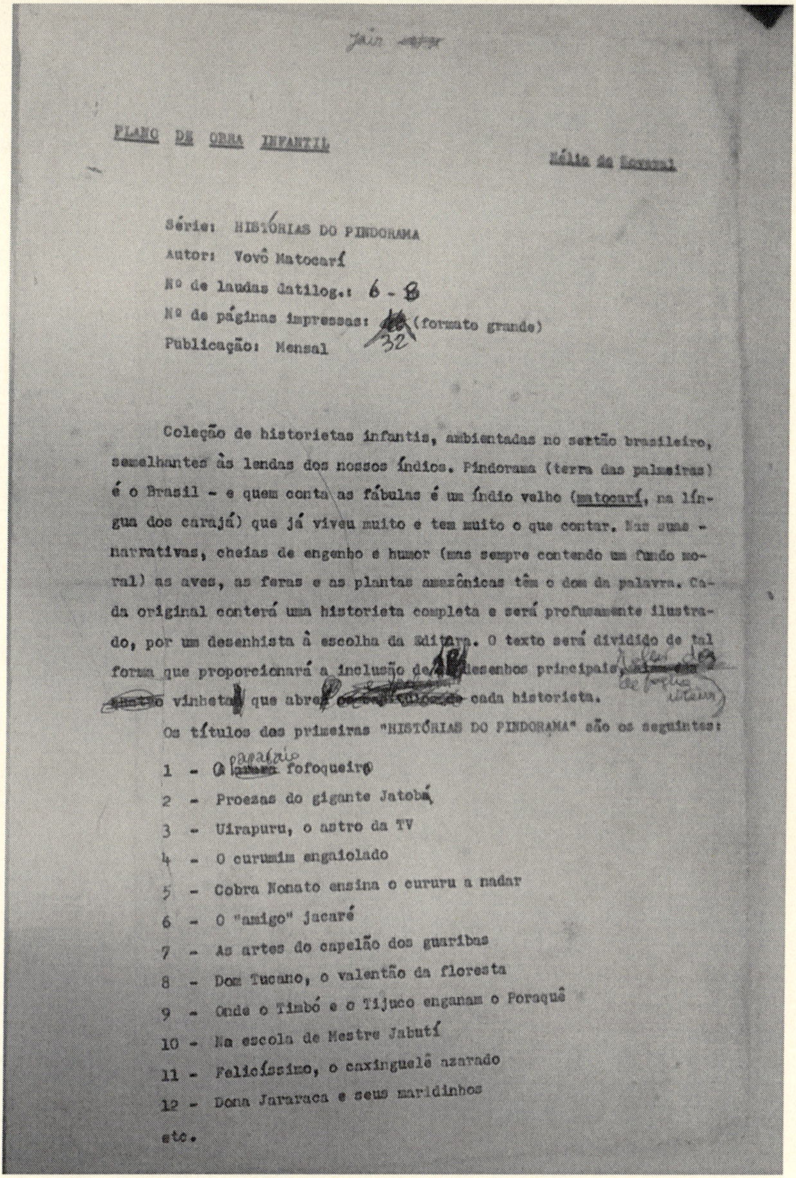

PLANO DE OBRA INFANTIL

Hélio de Soveral

Série: HISTÓRIAS DO PINDORAMA
Autor: Vovô Matocarí
Nº de laudas datilog.: 6 - 8
Nº de páginas impressas: (formato grande)
Publicação: Mensal

Coleção de historietas infantis, ambientadas no sertão brasileiro, semelhantes às lendas dos nossos índios. Pindorama (terra das palmeiras) é o Brasil - e quem conta as fábulas é um índio velho (matocarí, na língua dos carajá) que já viveu muito e tem muito o que contar. Nas suas narrativas, cheias de engenho e humor (mas sempre contendo um fundo moral) as aves, as feras e as plantas amazônicas têm o dom da palavra. Cada original conterá uma historieta completa e será profusamente ilustrado, por um desenhista à escolha da Editora. O texto será dividido de tal forma que proporcionará a inclusão de desenhos principais vinhetas que abre cada historieta.

Os títulos das primeiras "HISTÓRIAS DO PINDORAMA" são os seguintes:

1 - O casarão fofoqueiro
2 - Proezas do gigante Jatobá
3 - Uirapuru, o astro da TV
4 - O curumim engaiolado
5 - Cobra Honato ensina o cururu a nadar
6 - O "amigo" jacaré
7 - As artes do capelão dos guaribas
8 - Dom Tucano, o valentão da floresta
9 - Onde o Timbó e o Tijuco enganam o Poraquê
10 - Na escola de Mestre Jabutí
11 - Felicíssimo, o caxinguelê azarado
12 - Dona Jararaca e seus maridinhos
etc.

Figura 7 - Plano de Soveral para a série *Histórias do Pindorama*.

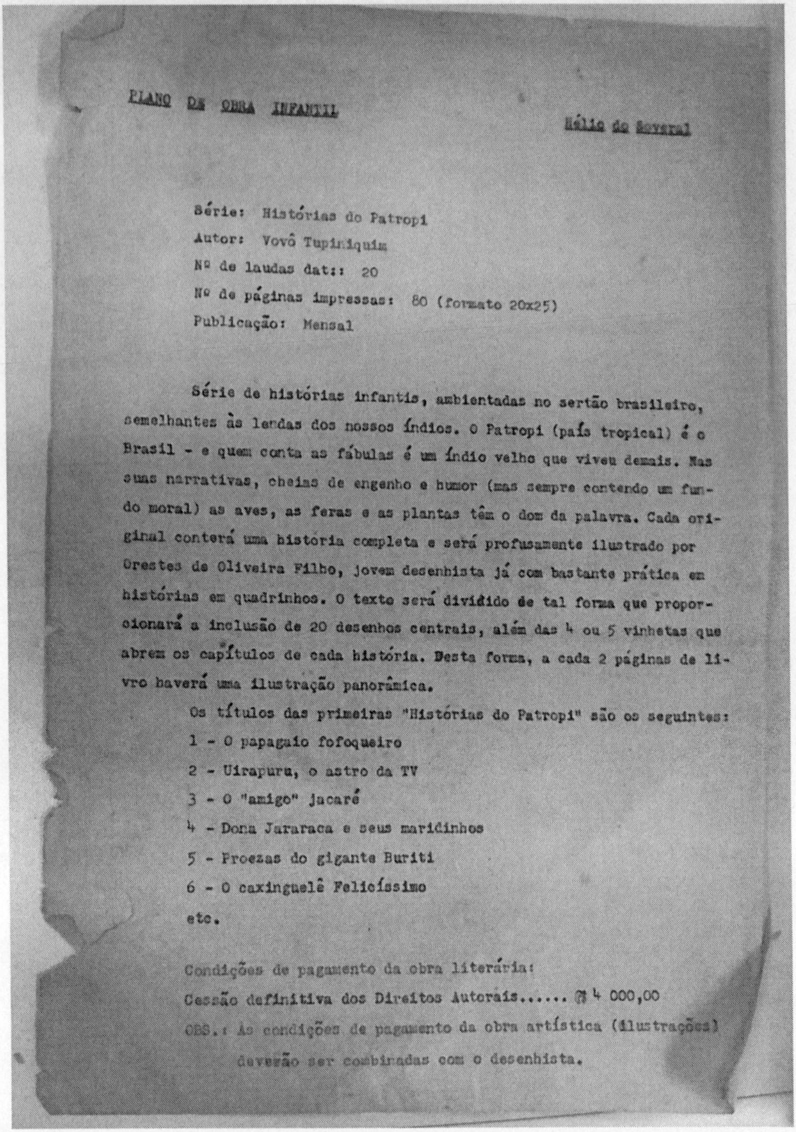

PLANO DE OBRA INFANTIL

Hélio do Soveral

Série: Histórias do Patropi
Autor: Vovô Tupiniquim
Nº de laudas dat.: 20
Nº de páginas impressas: 80 (formato 20x25)
Publicação: Mensal

Série de histórias infantis, ambientadas no sertão brasileiro, semelhantes às lendas dos nossos índios. O Patropi (país tropical) é o Brasil - e quem conta as fábulas é um índio velho que viveu demais. Nas suas narrativas, cheias de engenho e humor (mas sempre contendo um fundo moral) as aves, as feras e as plantas têm o dom da palavra. Cada original conterá uma história completa e será profusamente ilustrado por Orestes de Oliveira Filho, jovem desenhista já com bastante prática em histórias em quadrinhos. O texto será dividido de tal forma que proporcionará a inclusão de 20 desenhos centrais, além das 4 ou 5 vinhetas que abrem os capítulos de cada história. Desta forma, a cada 2 páginas de livro haverá uma ilustração panorâmica.

Os títulos das primeiras "Histórias do Patropi" são os seguintes:

1 - O papagaio fofoqueiro
2 - Uirapuru, o astro da TV
3 - O "amigo" jacaré
4 - Dona Jararaca e seus maridinhos
5 - Proezas do gigante Buriti
6 - O caxinguelê Felicíssimo
etc.

Condições de pagamento da obra literária:
Cessão definitiva dos Direitos Autorais...... Cr$ 4.000,00
OBS.: As condições de pagamento da obra artística (ilustrações) deverão ser combinadas com o desenhista.

Figura 8 - Sinopse para a série *Histórias do Patropi*.

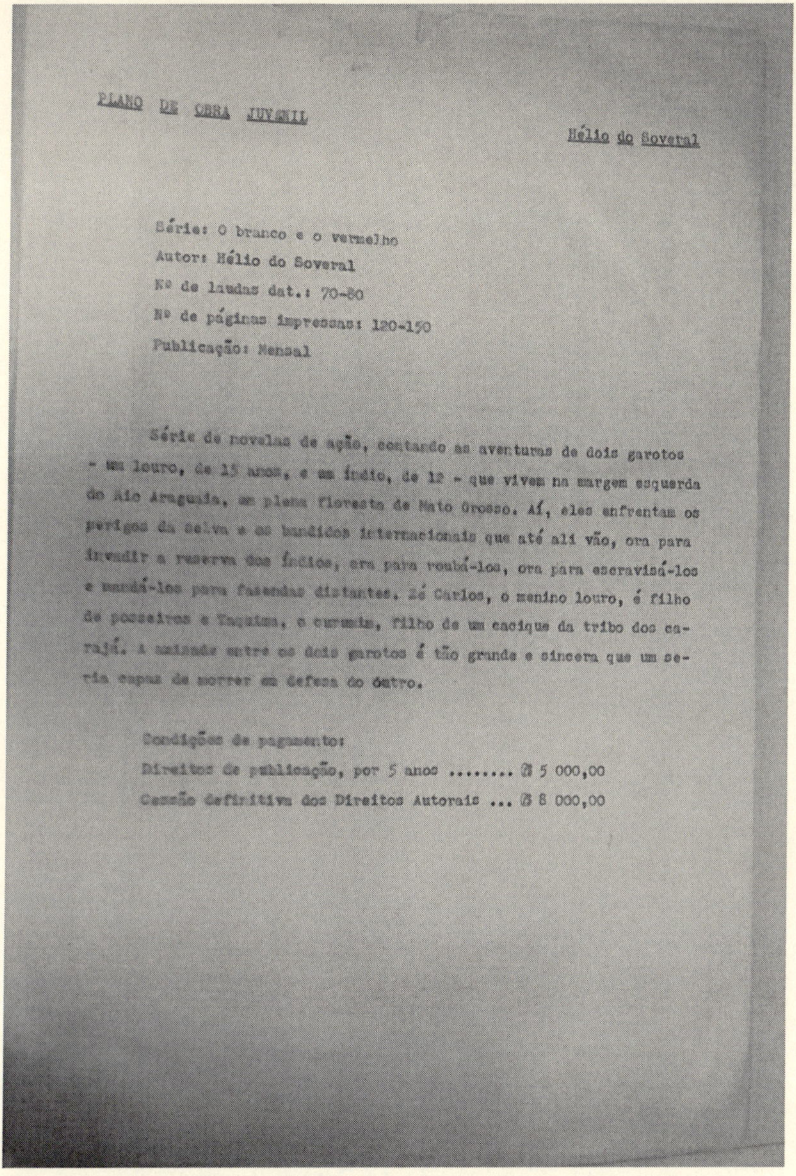

> PLANO DE OBRA JUVENIL
>
> Hélio do Soveral
>
> Série: O branco e o vermelho
> Autor: Hélio do Soveral
> Nº de laudas dat.: 70-80
> Nº de páginas impressas: 120-150
> Publicação: Mensal
>
> Série de novelas de ação, contando as aventuras de dois garotos - um louro, de 15 anos, e um índio, de 12 - que vivem na margem esquerda do Rio Araguaia, em plena floresta de Mato Grosso. Aí, eles enfrentam os perigos da selva e os bandidos internacionais que até ali vão, ora para invadir a reserva dos índios, ora para roubá-los, ora para escravizá-los e mandá-los para fazendas distantes. Zé Carlos, o menino louro, é filho de posseiros e Taquima, o curumim, filho de um cacique da tribo dos carajá. A amizade entre os dois garotos é tão grande e sincera que um seria capaz de morrer em defesa do outro.
>
> Condições de pagamento:
> Direitos de publicação, por 5 anos .... Cr$ 5 000,00
> Cessão definitiva dos Direitos Autorais ... Cr$ 8 000,00

Figura 9 - Resumo da série não desenvolvida *O branco e o vermelho*.

Mas vejamos mais um pouco sobre a série da qual o presente livro faz parte, livro que chega agora a seus leitores, depois de mais de 45 anos de esquecimento – mais um resgate de um manuscrito inédito da Coleção *Mister Olho*!

Chereta: o supermoleque-detetive pioneiro na transgeneridade?

A terceira série que Soveral produziu para a Ediouro, cronologicamente falando, é a de menor brilho literário (Figura 10), mesmo considerando-se apenas o caráter geral da Coleção *Mister Olho* de se colocar ao leitor como opção (construída sobre temas nacionais) de leitura *ligeira* e passatempo culturalmente mais edificante que, digamos, a televisão. Embora a riqueza de ação e reviravoltas seja uma constante nos trabalhos do autor, aqui ela aparece sem estar acompanhada de maior construção de personagens ou de mitologia própria, como as que se veem na *Turma do Posto Quatro*, na mais juvenil *Missão Perigosa* ou mesmo em *Bira e Calunga* – acertadamente, diz o leitor crítico da Fundação Nacional do Livro Infantil e Juvenil, sobre *Chereta e as Motocas* (1975), que se trata de "narrativa movimentada, [com] linguagem simples e personagens sem complexidade" (FNLIJ, 1984, p. 240). As novelas em terceira pessoa, centradas nas aventuras do Chereta (assim mesmo, no masculino), mistura de detetive e herói com direito a malha preta, sardas pintadas, "peruca preta e (...) lentes de contato verdes" (SOVERAL, 1974, p. 179), são mais ingênuas que as demais criações do autor português e, a despeito das várias situações violentas apresentadas já no episódio de estreia, *O Mistério do Navio Abandonado* (1974), como ameaças e riscos de morte por fome, armas de fogo e afogamento, são decididamente as mais infantis de sua lavra. Mesmo a adoção de uma protagonista feminina, que poderia sinalizar uma quebra de paradigma interessante para a época, como é o caso na *Inspetora*, em *Gisela e Prisco* e em *Diana* (todas séries da *Mister Olho* com personagens femininos principais e fortes), acaba frustrando o leitor: Maria de Lourdes, a "Milu do 27", filha do delegado Jorge Amaral, "o delegado de polícia mais azarado da paróquia" (SOVERAL, 1974, p. 15), mantém seu comportamento rebelde e heterodoxo oculto de todo mundo e, para todos os efeitos, é menina obediente e respeitadora de todas as convenções (femininas) de gênero mais canhestras, como vestir roupas cor-de-rosa, ser "excelente aluna de balé moderno" (SOVERAL, 1974, p. 148), sempre pedir "licença para fazer as coisas, por menores que elas fossem" (SOVERAL, 1974, p. 18) e fingir ser sensível e impressionável a ponto de a mãe, Dona Helena, dizer que "essas novelas são muito impressionantes para você, minha querida! Você (...) pode ficar nervosa, com esses dramas que eles apresentam na televisão!" (SOVERAL, 1974, p. 18). Milu, na verdade, enquanto simula ler um livro sobre lendas brasileiras, oferecido pela mãe, para quem "essas leituras são muito indicadas para meninas bem comportadinhas como você" (SOVERAL, 1974, p. 19), prefere assistir a filmes policiais e de terror! Embora mostre ser inverossimilmente destemida e independente no decorrer das histórias nas quais procura ajudar, de forma anônima, o pai delegado a "cumprir o seu dever e restituir a paz à população alarmada" (SOVERAL, 1974, p. 16) pelo mistério da vez, contando apenas com a ajuda de Domingão, empregado negro da família,[2] Milu nunca demonstra estar interessada em quebrar publicamente com os estereótipos e modelos sociais que excluem a mulher do papel que ela assume secretamente como o Chereta (e a menina é enfática em manter a ilusão de ser seu personagem detetive um rapaz, para todos os olhos e implicações). Para ela, é preferível ater-se à imagem esperada, bem representada por este trecho no qual Soveral oferece um pensamento da mãe da garota.

---

2 Esse problema dos livros também chamou a atenção do resenhista da FNLIJ, que escreveu o seguinte, ao registrar o lançamento de *O Mistério das Marionetes* (1974) no primeiro volume da *Bibliografia Analítica da Literatura Infantil e Juvenil Publicada no Brasil*: "Com a personalidade de Chereta, Milu efetua perigosas escapadas noturnas bastante arrojadas e *um tanto quanto inverossímeis para uma menina de 15 anos*" (FNLIJ, 1977, p. 188. Grifo nosso.).

Figura 10 - *O Mistério do Navio Abandonado* (1974)

> Hoje em dia – pensava Dona Helena. – é muito difícil encontrar uma menina tão meiga e sossegada como Milu! As crianças só pensam em motocicletas e correrias! Milu também tem uma motocicleta, eu sei, mas quase nem liga para ela! Não há outra criança tão virtuosa como Milu! (SOVERAL, 1974, p. 20)

E mesmo durante o entrecho essa dubiedade de comportamento fica evidente, como no diálogo a seguir, entre Milu/Chereta e Domingão.

> – O jeito é irmos remando, em ziguezagues, até localizarmos a ilha.
> – *Irmos* remando, não é? Mas, até agora, o único que remou fui eu!
> – E você acha direito uma menina delicada como eu pegar nesses remos toscos e pesados? Na hora de fazer força, eu já não sou o Chereta... (SOVERAL, 1974, p. 89. Grifo do autor.)

Ao final da aventura de *O Mistério do Navio Abandonado*, na qual não há praticamente nenhuma detecção ou dedução envolvidas (Chereta descobre toda a trama relacionada com a traineira naufragada e o cadáver nela encontrado porque visita o local à noite – indo e vindo antes que a mãe dê por sua ausência! – e escuta várias conversas dos criminosos envolvidos), Maria de Lourdes Amaral, ou "o Chereta – o misterioso detetive secreto, cuja identidade só duas pessoas conheciam" (SOVERAL, 1974, p. 21), permanece dissociada dessa persona masculina por meio da qual dá vazão às suas características e interesses em tese pouco femininos. Continua sendo, pelo menos para os pais, a menina meiga com "o rostinho (...) igual ao de um querubim" (SOVERAL, 1974, p. 20).

> — Pelo amor de Deus, pai! — atalhou Dona Helena. — Não venha inquietar a menina com os seus mistérios e as suas violências policiais! Você bem sabe que ela não pode ouvir falar nessas coisas horríveis! Milu é uma menina muito delicada e nós devemos lhe evitar esses contatos com a realidade cruel da vida! (SOVERAL, 1974, p. 184)

Há, porém, outros elementos de interesse a respeito da série que merecem registro. Soveral usa e abusa da intertextualidade, fazendo numerosas referências ao longo de ...*Navio Abandonado* a livros, filmes e personagens da cultura popular, como Sherlock Holmes, Francis Drake, Tarzan e Robinson Crusoé. Além disso, há certas passagens (por exemplo, os dois trechos a seguir) nas quais o autor brinca metalinguisticamente com personagens, leitores e universo ficcional, sugerindo que Chereta sabe estar no interior de uma história.

> Puxa vida — pensou Milu, consigo mesma. — Eu não devia ter revelado o mistério antes do fim da história! Acho que me precipitei, por falta de experiência! Os detetives só revelam o que sabem depois de chamar a polícia! E agora, Chereta? (SOVERAL, 1974, p. 162)

> — Nossa situação não é assim tão desesperadora — retorquiu o Chereta. — Todos os grandes detetives da história sofrem vexames, antes da vitória final. E sempre encontram um jeitinho de escapar da morte...
> — Qual é o jeitinho? Fale, que eu quero ver!
> — Ainda não sei, mas tem que haver um jeito. É lógico que não vamos morrer de fome e de sede, nesta ilha fora do mapa! Esse seria um fim muito vergonhoso para o Chereta! E o Chereta é um herói, que ajuda a polícia e defende a sociedade! (SOVERAL, 1974, p. 109)

Da mesma forma, a mera menção à prática de tortura, dada a época de publicação, é no mínimo corajosa, ainda mais pelo contexto envolvendo prisioneiros, interrogatórios e confissões.

– Muito bem – decidiu Mestre Batalha, encarando os prisioneiros com um olhar torvo. – Se vocês não querem confessar, pior para vocês! Talvez mudem de opinião, antes do raiar do dia... Eu sei o que fazer com espiões iguais a vocês!
A ameaça deixou o Chereta preocupado. De que não seriam capazes aqueles bandidões?
– Não nos torturem – gemeu ele. – Eu sei que os espiões costumam ser torturados, mas nem eu nem Domingão somos espiões a soldo de uma potência estrangeira! Não sabemos de nada! Não temos nada para falar! (SOVERAL, 1974, p. 105)

Entre 1974 e 1978, foram publicadas pela Ediouro, sempre dentro da *Mister Olho*, 11 aventuras da série *Chereta*, todas assinadas com o pseudônimo Maruí Martins. Os fãs só conheceriam a identidade de Soveral bem mais tarde, com a reedição, em 1986, em formato Super Bolso, do primeiro livro da saga, já com o título *Chereta e o Navio Abandonado* e com o nome verdadeiro do autor. Infelizmente, a reedição se limitou a essa obra (não houve, tampouco, versões em formato Duplo em Pé ou Bolso Novo). A tiragem total das brochuras contando as peripécias da "Milu do 27", filha do delegado Amaral, é de 107.000 exemplares (Figura 11), incluídas aí algumas reimpressões ainda dentro da *Mister Olho* e as 3.000 cópias do já citado livro de 1986 pela Coleção *EdiJovem*. Soveral escreveu (e vendeu) para a Ediouro uma décima segunda aventura, *Chereta enfrenta os Clóvis* (1978), que permaneceu inédita, mas foi por nós resgatada dos arquivos da editora (Figuras 14, 15 e 16). O livro, já em estágio adiantado de produção, tinha arte de Noguchi, ilustrações de Teixeira Mendes, e já havia sido fotocomposto e recebido tratamento de arte-final para a capa, mas foi encostado por decisão datada de 25 de maio de 1979 (Figura 12).

Antes de terem a dupla Noguchi/Mendes à frente da parte visual, a partir **do volume 6**, *Chereta* contou com capas de Eliardo França (livros 1 a 3) e desenhos de Baron (livros 3 a 5), responsável também pela capa do episódio 4, *Chereta e o Monstro Marinho* (1975). A faixa etária, *9 anos ou mais*, só muda para *11 anos ou mais* nos últimos dois livros.

Nos arquivos da Ediouro, além dos originais inéditos de *Chereta enfrenta os Clóvis*, encontramos também desenho (Figura 13) não aproveitado de Soveral (a arte chegou a ser refeita pelo departamento de arte da editora) que deveria ter sido incluído em *Chereta e o Carrossel Eletrônico* (1975).

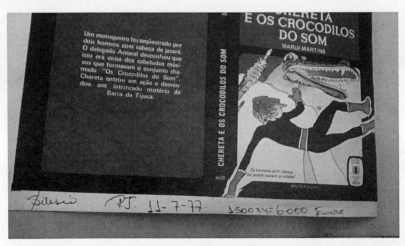

Figura 11 - Prova de capa de *Chereta e os Crocodilos do Som* (1977) com informações de tiragem.

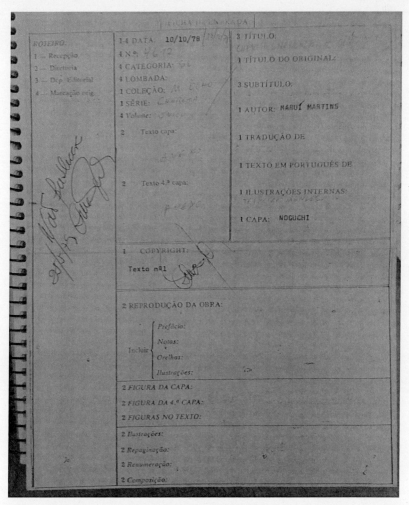

Figura 12 - Ficha de entrada de originais, com ordem para não publicação de *Chereta enfrenta os Clóvis*.

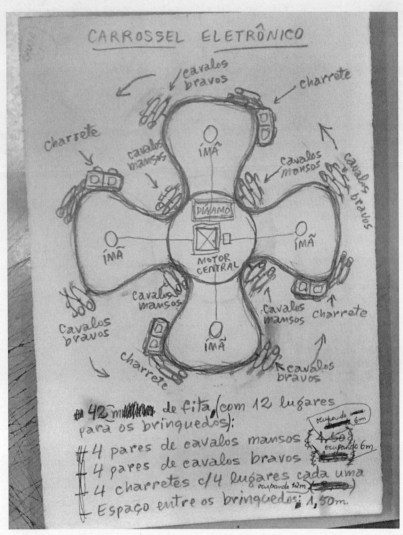

Figura 13 - Desenho original (inédito) de Soveral para *Chereta e o Carrossel Eletrônico* (1975).

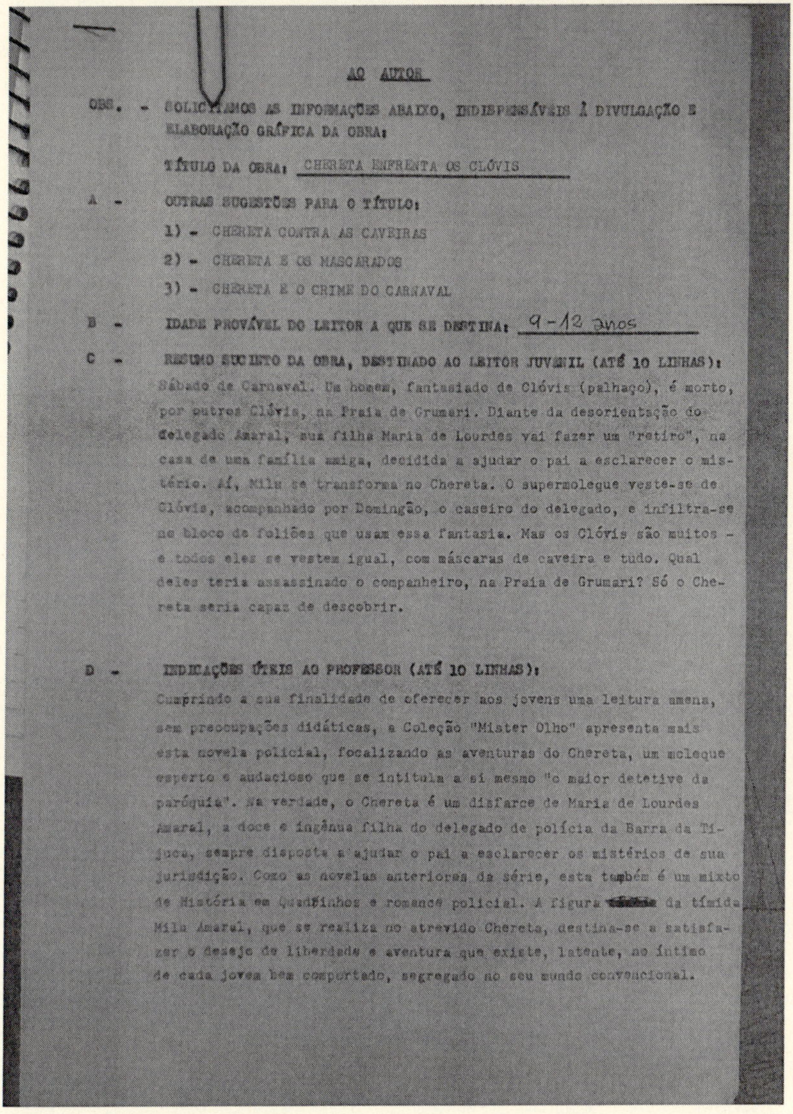

AO AUTOR

OBS. — SOLICITAMOS AS INFORMAÇÕES ABAIXO, INDISPENSÁVEIS À DIVULGAÇÃO E ELABORAÇÃO GRÁFICA DA OBRA:

TÍTULO DA OBRA: CHERETA ENFRENTA OS CLÓVIS

A — OUTRAS SUGESTÕES PARA O TÍTULO:
1) - CHERETA CONTRA AS CAVEIRAS
2) - CHERETA E OS MASCARADOS
3) - CHERETA E O CRIME DO CARNAVAL

B — IDADE PROVÁVEL DO LEITOR A QUE SE DESTINA: 9 - 12 anos

C — RESUMO SUCINTO DA OBRA, DESTINADO AO LEITOR JUVENIL (ATÉ 10 LINHAS):
Sábado de Carnaval. Um homem, fantasiado de Clóvis (palhaço), é morto, por outros Clóvis, na Praia de Grumari. Diante da desorientação do delegado Amaral, sua filha Maria de Lourdes vai fazer um "retiro", na casa de uma família amiga, decidida a ajudar o pai a esclarecer o mistério. Aí, Milu se transforma no Chereta. O supermoleque veste-se de Clóvis, acompanhado por Domingão, o caseiro do delegado, e infiltra-se no bloco de foliões que usam essa fantasia. Mas os Clóvis são muitos - e todos eles se vestem igual, com máscaras de caveira e tudo. Qual deles teria assassinado o companheiro, na Praia de Grumari? Só o Chereta seria capaz de descobrir.

D — INDICAÇÕES ÚTEIS AO PROFESSOR (ATÉ 10 LINHAS):
Cumprindo a sua finalidade de oferecer aos jovens uma leitura amena, sem preocupações didáticas, a Coleção "Mister Olho" apresenta mais esta novela policial, focalizando as aventuras do Chereta, um moleque esperto e audacioso que se intitula a si mesmo "o maior detetive da paróquia". Na verdade, o Chereta é um disfarce de Maria de Lourdes Amaral, a doce e ingênua filha do delegado de polícia da Barra da Tijuca, sempre disposta a ajudar o pai a esclarecer os mistérios de sua jurisdição. Como as novelas anteriores da série, esta também é um misto de História em Quadrinhos e romance policial. A figura dúplice da tímida Mila Amaral, que se realiza no atrevido Chereta, destina-se a satisfazer o desejo de liberdade e aventura que existe, latente, no íntimo de cada jovem bem comportado, segregado no seu mundo convencional.

Figura 14 - Ficha técnica de *Chereta enfrenta os Clóvis* (1978) preenchida por Hélio do Soveral.

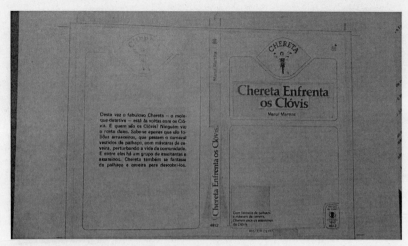

Figura 15 - Arte-final de capa de *Chereta enfrenta os Clóvis* (1978).

Figura 16 - Arte de capa inédita de Noguchi para *Chereta enfrenta os Clóvis*.

* * *

Mas chegamos a um ponto deste Posfácio em que o autor português não foi devidamente apresentado. A verdade é que, mesmo com seu gigantismo, pouco ainda se escreveu sobre Hélio do Soveral. Em um dos raros verbetes existentes na literatura a falar sobre o autor, Ronaldo Conde Aguiar, em seu *Almanaque da Rádio Nacional* (Casa da Palavra, 2007), cita as profissões já experimentadas por Soveral (engraxate, vendedor de verduras e legumes), seus 230 livros, suas chanchadas na Atlântida (*Este mundo é um pandeiro*, *Falta alguém no manicômio*) e um punhado de suas novelas para a Rádio Nacional (como *Também há flores no céu*, *A felicidade dos outros* e *Paraíso perdido*). Cita ainda o programa César de Alencar, que contou com Soveral como produtor por cerca de 15 anos (AGUIAR, 2007). Mas isso é muito pouco. Por isso, pedimos permissão para uma digressão biográfica, para revelar a vocês um pouco mais de Hélio do Soveral.

* * *

Apesar de uma atuação bem-sucedida de décadas como autor de radionovelas, com incursões por praticamente todos os suportes e meios de comunicação e expressão que o século XX ofereceu (além de escrever para rádio, foi autor teatral, roteirista de cinema, quadrinhos e televisão, ator, pintor e escritor de mais de 230 livros), o português Hélio do Soveral Rodrigues de Oliveira Trigo, nascido em Setúbal, em 30 de setembro de 1918, talvez tenha experimentado sua mais duradoura popularidade com as histórias infantis que escreveu para a Ediouro, entre 1973 e 1984. Foram nada menos que 88 livros (mais um inédito, pelo menos), divididos em cinco séries que renderam tiragens totais de mais de um milhão de exemplares, todas elas assinadas por pseudônimos ou heterônimos. E parece haver nisso também, nesse desprendimento de Soveral para com sua própria instância autoral – Soveral era conhecido como "o escritor dos 19 pseudônimos" (MARQUEZI, 1981, p. 27) –, uma outra coincidência envolvendo seu conto "Brejo Largo". A história, premiada em um concurso da revista *Carioca* e publicada na edição de 2 de janeiro de 1937, quando Soveral (que vivia no Brasil desde os sete anos) inaugurava pra valer tanto a carreira quanto a maioridade, tinha como companhia, na mesma revista em cujas páginas o português oferece o drama do menino João, um artigo intitulado "A victoria dos pseudonymos". Nele, o autor Martins Castello (além de citar exemplos tanto históricos quanto da época) vai além da questão do mero embaraço causado por "um appellido antipathico ou ridiculo (...) capaz de inutilisar a vida do mais apto dos cidadãos"[3] (CASTELLO, 1937, p. 40) para entrar na seara da persona artística, do eu que se sacrifica pela criação, pela própria obra.

> Ramon Gomez de la Serna já fez, com aquella sua subtileza habitual, uma observação aguda e exacta. O escriptor, quando escolhe um pseudônimo, desprende-se do mais pesado de si mesmo, collocando-se aos proprios olhos como mais um producto de sua imaginação. (...) Para a adopção de um pseudonymo, é preciso coragem, pois o acto tem, no primeiro momento, qualquer coisa de um suicidio. É a morte de uma personalidade para o nascimento de outra personalidade.[4] (CASTELLO, 1937, p. 41)

Mesmo que Soveral não tenha lido o texto que dividiu páginas com sua primeira incursão na literatura dita "séria", pode-se dizer que a coragem citada por Castello não lhe faltou, e que em

---
3 Optamos por manter a grafia da época.
4 Optamos por manter a grafia da época.

todas as vezes em que escolheu sacrificar sua autoria em prol de um melhor efeito para suas criações (sua primeira novela policial, *Mistério em alto-mar*, de 1939, assinada Allan Doyle em homenagem a E.A. Poe e a Conan Doyle, buscava conferir mais autenticidade à empreitada, já que o público ainda não via bem a ideia de brasileiros escrevendo histórias de detetive), o escritor de Setúbal, carioca por opção, demonstrava como amava a própria obra: não importava o nome que assinava as brochuras, nem mesmo que os livros sequer indicassem autor (como no caso dos citados romances de espionagem *K.O. Durban*). O que importava eram os personagens, as histórias, os "brejos largos" onde suas criaturas pudessem ter refúgio, amor, aventura; o que importava era produzir com seus textos atmosferas que ressoassem no corpo e espírito de seus leitores, pelo tanto de empatia e emoções que evocavam.

Soveral foi Allan Doyle para os ouvintes de seus roteiros na Rádio *Tupy* do Rio (é dele o primeiro programa seriado do rádio brasileiro, *As aventuras de Lewis Durban*, de 1938) e para os leitores do já citado *Mistério em alto-mar* (1939). Pouco depois, em 1941, fez uso do seu segundo *nom de plume*, Loring Brent, ao escrever o conto "A Safira Fatal" para a *Contos Magazine*. Segundo atesta Soveral, esse teria sido um dos dois ou três (ou quatro, dependendo da fonte) contos que ele escrevera para a revista, todos "baseados nas capas (norte-americanas) compradas pela editora" (SOVERAL, 198-, p. 4). Não foi possível encontrar ainda confirmação para o(s) outro(s) pseudônimo(s) em questão.[5]

Na década de 1960, depois de experimentar baixas vendagens com os quatro livros de contos do Inspetor Marques (seu personagem mais popular, protagonista de muitos anos do programa de rádio *Teatro de Mistério*) que publicou pela Vecchi (*3 Casos do Inspetor Marques, Departamento de Polícia Judiciária,*

---

[5] Esse episódio particular configura uma verdadeira pirotecnia, própria do mercado editorial brasileiro de revistas *pulp* e de emoção das primeiras décadas do séc. XX, uma vez que Loring Brent era na verdade o pseudônimo do autor norte-americano George F. Worts e a capa comprada pela *Contos Magazine* se referia a um conto dele, intitulado "The Sapphire Death", que não foi aproveitado em nada por Soveral ao criar sua "versão" brasileira. Original norte-americano e original luso-brasileiro dividem, tão somente, a arte do ilustrador Paul Stahr, em curiosa ciranda de efeitos: o texto de Worts sugere imagens a Stahr, que por sua vez sugere textos a Soveral.

Sangue no Paraíso e *Morte para quem ama*), e vendo sua renda como radialista diminuir sensivelmente – segundo reportagem de Beatriz Coelho Silva para o *Caderno 2* do *Estado de S. Paulo* de 21 de maio de 1988, isso teria se dado "em 1964, quando o golpe militar desmembrou a Rádio Nacional e Soveral ficou sem seus programas" (SILVA, 1988, p. 1) –, o português abraça de vez a carreira de escritor profissional de livros de bolso, começando com as dezenas de volumes que escreve para a editora Monterrey, com os heterônimos Keith Oliver Durban, Brigitte Montfort, Clarence Mason e Alexeya S. Rubenitch, e os pseudônimos Tony Manhattan, Lou Corrigan,[6] Sigmund Gunther, John Key, Frank Cody, Stanley Goldwin, W. Tell, F. Kirkland e Ell Sov (esse último também usado na década de 1970 para assinar algumas histórias em quadrinhos para a Ebal). Há também um volume lançado pela Editora Palirex, de São Paulo, assinado como Frank Rough (o único *western* de sua produção).[7] Essa obra de quase 150 livros cobre todos os gêneros da literatura de entretenimento: terror, suspense, policial, bangue-bangue, ficção científica, espionagem. O "homem dos 19 pseudônimos", a essa altura, já havia inaugurado 16 deles no papel, em busca de efeitos *no* e *para* seu leitor, em busca de atmosferas.

Quando finalmente começou a escrever para a Ediouro, Soveral contava com 55 anos e o citado currículo de mais de uma centena de *pockets*, além de milhares de roteiros cujo sucesso já o havia inscrito em definitivo na história da radiodramaturgia brasileira. Das cinco séries que produziu para a Ediouro e sua Coleção *Mister Olho – Chereta*, assinada como Maruí Martins; *Missão Perigosa*, assinada como Yago Avenir, depois Yago Avenir dos Santos; *Bira e Calunga*, assinada como Gedeão Madureira; *Os Seis*, assinada como Irani Castro; e *A Turma do Posto*

---

6 Na verdade, pseudônimo do escritor espanhol Antonio Vera Ramírez. Alguns livros de Soveral para a Monterrey, com a personagem Brigitte Montfort, acabaram saindo com o nome "Lou Corrigan" por engano da editora, segundo Soveral.

7 Na verdade, o único publicado. Soveral deixou um livro inédito no gênero, completo, aparentemente vendido para a mesma editora, com o mesmo personagem e universo.

Quatro, assinada como Luiz de Santiago –, as mais populares e bem-sucedidas foram, sem dúvida, as duas últimas da lista. As aventuras de Os Seis chegaram a 19 episódios e mereceram algumas reedições em novos formatos, ao longo das décadas de 1970, 1980 e 1990. O mesmo vale para a série A Turma do Posto Quatro, que teve 35 títulos e só perde em longevidade e extensão, no âmbito da Coleção Mister Olho, para a Inspetora, de Ganymédes José, com seus 38 livros publicados.

No meio do caminho desta última carreira como escritor infantojuvenil (inaugurada com o folhetim O Segredo de Ahk-Manethon em 1941), Soveral se aposenta pela Rádio Nacional e perde a esposa Celina após acompanhá-la ao longo de uma batalha de mais de 10 anos contra o câncer, um dos maiores baques contra o vigor e ânimo de espírito de Soveral. Ainda assim, continua ativo como autor até meados dos anos 1980 (há que se citar o conto "A bomba", para o primeiro número da revista Ação Policial, em junho de 1985, e o livro Zezinho Sherlock em Dez mistérios para resolver, para a Ediouro, em 1986), inclusive com seu famoso programa policial de rádio Teatro de Mistério, que sai do ar em 1987, após praticamente 30 anos de transmissões (de 6 de novembro de 1957 a 15 de abril de 1987). Isso sem falar dos incontáveis projetos (na área da literatura ou para televisão) que concebe ou mesmo desenvolve sem conseguir emplacar.

Após cerca de dez anos sem, como diz, desenvolver quaisquer atividades intelectuais, volta à carga em meados dos anos 1990 e submete originais para editoras como a Record, deixando ainda vários títulos organizados, entre inéditos e reedições planejadas. Essas investidas tardias, infelizmente, não alcançam sucesso. Soveral fica tristemente relegado a algumas aparições em matérias de jornal que o descrevem como curiosidade esquecida e injustiçada, como uma "usina de textos" abandonada em um pequeno apartamento em Copacabana. A saúde debilitada, as despesas crescentes e a dificuldade do lidar com a vida já na casa dos 80 anos fazem com que se mude para Brasília, onde passa a viver perto de sua filha única, Anabeli Trigo, bibliotecária concursada lotada no Ministério da Agricultura. Pouco tempo depois da mudança, quando começava a se habituar à ideia de viver longe de seu amado Rio de Janeiro, Soveral falece após ser atropelado por um motociclista, em 21 de março de 2001. Por ironia do destino, por aqueles dias havia acertado a publicação de suas traduções para a obra poética de seu ídolo maior, Edgar Allan Poe, o que acaba não ocorrendo, seja por dificuldades dos herdeiros em prosseguir com a produção ou por desinteresse da editora ante a tragédia que ceifou o escritor (o livro permaneceu inédito até 2023, quando veio a edição por nós organizada, que saiu pela editora Acaso Cultural). Chegava ao final a saga do menino de Setúbal que, em sua adolescência no Brasil, como relata Marquezi, já contava histórias aos amigos de calçada, inspirado nos títulos dos filmes em cartaz, em troca de cigarros ou tostões (MARQUEZI, 1981, p. 26).

Chereta enfrenta os Clóvis: um raro crime de morte carnavalesca na Coleção *Mister Olho*[8]

Em um dos capítulos finais de *Clara dos Anjos*, romance de Lima Barreto publicado em 1948, 26 anos após sua morte, o narrador aproveita o assassinato do padrinho da jovem Clara para discorrer sobre o fascínio que tais crimes exercem sobre o imaginário popular. Escreve Lima Barreto que

---

[8] O trecho a seguir foi adaptado do segundo capítulo de nosso livro *Histórias de detetive para crianças: Ganymédes José e a série Inspetora (1974-1988)* (Eduff, 2017), intitulado "Provas e contraprovas à prova: a *Inspetora* é realmente literatura policial?", mais especificamente de seu item inicial: "Marramaque, mortes e mistério: o romance policial clássico de Auden e a ausência da 'ameaça vermelha' nas histórias da *Inspetora*".

Um crime, revestido das circunstâncias misteriosas e da atrocidade de que se revestiu o assassinato de Marramaque, faz sempre trabalhar todas as imaginações de uma cidade. Um homicídio banal em que se conheceu a causa, o autor, capturado ou não, e outros pormenores, deixa de oferecer interesse, para ser um acontecimento banal da vida urbana, fatal a ela, como os nascimentos, os desastres e os enterros; mas o assassinato de um pobre velho, aleijado, inofensivo, pobre, a pauladas, faz parecer a toda a gente que há, soltos e esbarrando conosco nas ruas, nas praças, nos bondes, nas lojas, nos trens, matadores, que só o são por prazer de matar, sem nenhum interesse e sem nenhuma causa. Então, todos acrescentam, aos inúmeros e insidiosos inimigos que têm a nossa vida, mais este do assassínio por divertimento, por passatempo, por esporte. (BARRETO, s.d., p. 113)

Perceba-se que, para Lima Barreto, nem é tanto o homicídio o fator a despertar interesses; pessoas a se matarem, para o escritor, parece ser algo inerente à vida nas cidades, mesmo "banal". Mas o assassinato misterioso, aparentemente sem motivos, com requintes de crueldade, esse, sim, merece a atenção de todos, pelo que parece ter de aleatório – o que o coloca como risco a toda e qualquer pessoa. É no mistério, então, na ausência de identidade do agressor (que nos remete ao Homem na Multidão de Poe e mesmo ao flâneur de Benjamin), mais do que no crime onde se tira a vida, que reside a ameaça maior à ordem e à paz social.

A literatura policial, ao surgir no séc. XIX, ocupa-se de duas frentes intimamente ligadas às filosofias burguesas e positivistas de então: preservar o direito de propriedade (sendo a vida, em última instância, o bem maior que qualquer pessoa possui) e eliminar o direito à indeterminação. Ainda que muito da sua atmosfera e dos seus cenários lidem com as sombras, a noite, o obscuro, a ficção policialesca reflete o desejo de uma sociedade que não tolera mais perguntas sem respostas (embalada pela crença de que a razão e o pensamento explicam tudo), que não tolera mais os anonimatos de quaisquer espécies, e é com base neste par – situações misteriosas envolvendo crimes contra a vida – que se consolidará o que muitos autores chamam de romance policial clássico.

Há mesmo os teóricos que consideram estes, os livros policiais que tratam de crimes de morte, como sendo os únicos exemplos verdadeiros desse tipo de ficção. W.H. Auden, em seu famoso ensaio "The Guilty Vicarage", ao examinar o romance policial e suas características, classifica os crimes em três categorias: (a) aqueles que ofendem Deus e as pessoas próximas ao criminoso; (b) aqueles que ofendem Deus e a sociedade como um todo; (c) e, finalmente, aqueles que ofendem somente Deus (o suicídio, por exemplo). Segundo Auden, o assassinato seria o único delito que se enquadraria na segunda categoria, de crimes contra a sociedade, já que aqui não é possível se fazer nenhum tipo de reparação à vítima (como no caso, digamos, de um furto, onde objetos podem ser ressarcidos ou devolvidos); nele, tampouco, existe a possibilidade da redenção do criminoso pelo perdão da parte ofendida (seja o crime um mero roubo ou algo grave como um estupro). Decorre, então, que "o assassinato é único na medida em que elimina a parte afetada pelo crime, de forma que a sociedade deve assumir o lugar da vítima e, em seu nome, exigir punição ou oferecer absolvição; é o único crime no qual a sociedade tem interesse direto" (AUDEN, 1988, p. 17. Nossa tradução.).

Tomando Auden (para quem, aliás, ler histórias de detetives era uma espécie de vício – como "o tabaco ou o álcool" – sem nenhuma relação com obras de arte ou sua fruição) como referência, dificilmente poderíamos considerar os livros da série *Chereta* ou mesmo o restante da Coleção *Mister Olho* como algo sequer próximo de um romance policial, uma vez que seus enredos, destinados ao público infantil, jamais (ou muito raramente) abordam o crime *par excellence*: Soveral, Santos de Oliveira, Gladis, Carlos Figueiredo, Carlos Heitor Cony e Vera Lúcia Sarmento, em praticamente nenhuma das 164 histórias publicadas pela Ediouro na coleção de que *Chereta* fazia parte, colocam seus leitores em contato com assassinatos ou qualquer tipo de violência física mais séria, muito embora suas personagens se defrontem, sim, vez por outra, com oponentes teoricamente capazes de tais atos.

Esse não é o caso, porém, do entrecho de *Chereta enfrenta os Clóvis*, escrito por Hélio do Soveral em 1978, mas trazido a público apenas agora, em 2024, nesta edição organizada por nós para a AVEC Editora. Nele, como já pudemos ver, o leitor é rapidamente apresentado (logo no capítulo inicial) a um crime brutal, um assassinato por espancamento, descrito com maestria pelo escritor português, que constrói com habilidade a atmosfera deserta do local do crime, a praia deserta de Grumari, bem como a época do ano, o Carnaval, e a ausência de um rosto para os criminosos (a temida indeterminação...): palhaços anônimos, máscaras, gritos de testemunhas e silêncio sepulcral.

Na pasta de arquivo (Figura 17) para os originais inéditos (Figura 18), fotografados por nós em 2014 nas dependências da editora, infelizmente não estavam os desenhos de Teixeira Mendes indicados na Ficha de Entrada; uma pena e uma perda. Contentemo-nos, porém, com a própria história, já pronta para ser fotografada e impressa (Figura 19), que podemos ler no presente volume, e com alguns documentos de produção da época, como a Ficha de Capa (Figura 20), a Ficha Técnica (Figura 21) produzida pelo autor e uma página com textos para capa e *blurb* (Figura 22), além de outros itens editoriais já mencionados anteriormente (como a arte original de capa de Noguchi).

Chereta enfrenta os Clóvis fecha, portanto, como 12º título, a série que já contava com onze outros livros, a saber:[9]

---

[9] Os três primeiros livros, na verdade, não possuíam o nome "Chereta" no título, mas sim "O Mistério do/das...".

1. *Chereta e o Navio Afundado (1974)*
2. *Chereta e as Marionetes (1974)*
3. *Chereta e as Motocas (1975)*
4. *Chereta e o Monstro Marinho (1975)*
5. *Chereta e o Carrossel Eletrônico (1975)*
6. *Chereta e o Homem sem Memória (1975)*
7. *Chereta e as Ratazanas Vermelhas (1976)*
8. *Chereta e os Sequestradores da Barra (1976)*
9. *Chereta e os Crocodilos do Som (1977)*
10. *Chereta e as Feras do Surfe (1977)*
11. *Chereta e o Cavalo Roubado (1978)*

Figura 17 - Pasta do arquivo da Ediouro para *Chereta enfrenta os Clóvis* (1978).

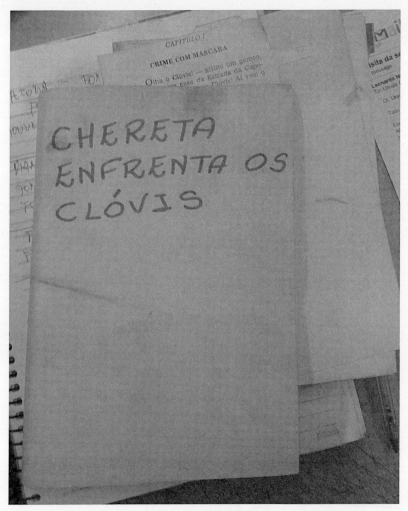

Figura 18 - Conjunto de artes-finais para *Chereta enfrenta os Clóvis* (1978).

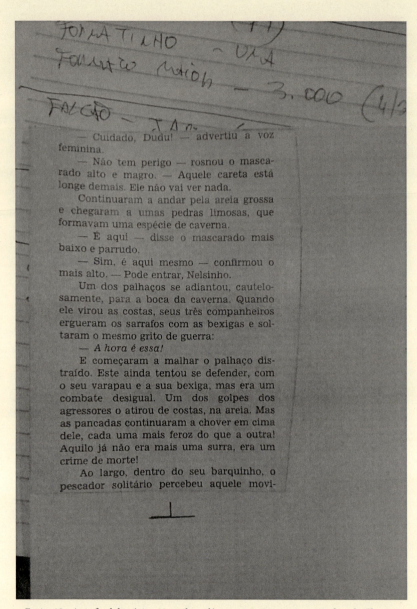

Fogira 19 - Arte-final da página 11, onde se dá o assassinato a ser investigado pelo Chereta.

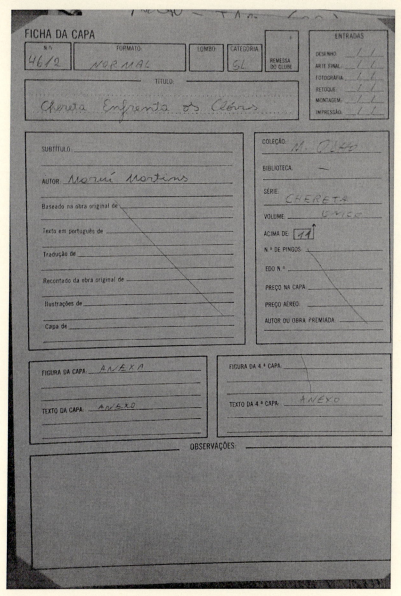

Figura 20 - Ficha de Capa de *Chereta enfrenta os Clóvis* (1978).

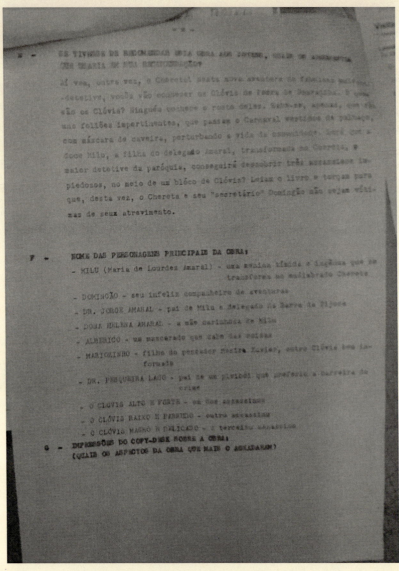

Figura 21 - Segunda página da ficha técnica de *Chereta enfrenta os Clóvis* (1978), preenchida por Hélio do Soveral.

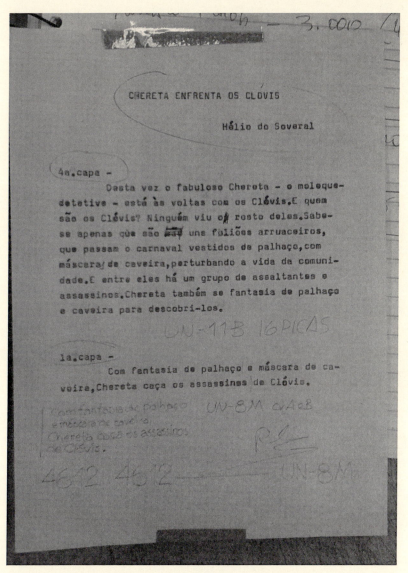

Figura 22 - Página com textos de capa e quarta capa de *Chereta enfrenta os Clóvis* (1978).

* * *

A publicação desta obra, em 2024, continua as comemorações pelo centenário do nascimento de Soveral, em 2018, honra a memória de sua filha Anabeli, vítima de sequelas da Covid em 2021, e espera, além de celebrar sua carreira, vida e importância, despertar de um "cochilo" injusto seus potenciais apreciadores, sejam eles leitores (novos ou aqueles que se deleitavam e se apaixonaram pelo mundo da escrita com histórias dos *Seis*, da *Turma do Posto Quatro*, de *Bira e Calunga*, de *Missão Perigosa* ou da "Milu do 27", herói/heroína da série *Chereta*) ou estudiosos de nossa negligenciada literatura popular.

Que o público brasileiro, fãs e pesquisadores de Soveral tenham aqui tanto o preenchimento de uma lacuna quanto uma janela para vislumbrar mais um capítulo de nossa literatura infantojuvenil dos anos 1970; e mais um pouco, claro, da insuperável Coleção *Mister Olho*.

Rio das Ostras, abril de 2024

REFERÊNCIAS

AGUIAR, Ronaldo Conde. **Almanaque da Rádio Nacional.** Rio de Janeiro: Casa da Palavra, 2007.

AUDEN, W. H. "The Guilty Vicarage". In: WINKS, R. W. (org). **Detective Fiction: a collection of critical essays.** Woodstock: The Countryman Press, 1988.

BARRETO, Lima. **Clara dos Anjos.** São Paulo: Escala Editorial, s.d.

CASTELLO, Martins. A victoria dos pseudonymos. In: **Carioca.** Rio de Janeiro: Editora A Noite. Número 63. 2 de janeiro de 1937. pp. 40, 41, 49.

FNLIJ (Fundação Nacional do Livro Infantil e Juvenil). **Bibliografia analítica da literatura infantil e juvenil publicada no Brasil (1965-1974).** São Paulo: Melhoramentos; Brasília: INL, 1977.

_____. **Bibliografia analítica da literatura infantil e juvenil publicada no Brasil (1975-1978).** Porto Alegre: Mercado Aberto, 1984.

MARQUEZI, Dagomir. Este homem vive de mistério. In: **Status.** São Paulo: 1981.

_____. O Segredo de Hélio do Soveral. In: Soveral, Hélio do. **O Segredo de Ahk-Manethon.** Porto Alegre: AVEC Editora, 2018.

PACHE DE FARIA, Leonardo Nahoum. **Histórias de detetive para crianças: Ganymédes José e a série Inspetora (1974-1988).** Niterói: Eduff, 2017.

_____. Introdução. In: Soveral, Hélio do. **O Segredo de Ahk-Manethon.** Porto Alegre: AVEC Editora, 2018.

_____. **Livros de bolso infantis em plena ditadura militar: a insuperável Coleção Mister Olho (1973-1979) em números, perfis e análises.** Porto Alegre: AVEC Editora, 2022.

SILVA, Beatriz Coelho. **O homem de um milhão de livros.** Estado de S. Paulo, São Paulo, Caderno 2, p. 1, 21 mai. 1988.

SOVERAL, Hélio do. **Anotações manuscritas e sinopse sobre a série Calunga - um herói brasileiro.** 196?. 1 f.

_____. **Carta à Livraria José Olympio Editora.** Rio de Janeiro, 26 mai. 1969. 5 f.

_____. **Sinopse da série O Mistério de....** 197?a. Documento datiloscrito inédito. 1 f.

_____. Sinopse da série *Histórias do Patropi*. 197?b. Documento datiloscrito inédito. 1 f.

_____. **Sinopse da série *O branco e o vermelho*.** 197?c. Documento datiloscrito inédito. 1 f.

_____ (publicado sob o pseudônimo de Maruí Martins). **O Mistério do Navio Abandonado**. Rio de Janeiro: Tecnoprint, 1974.

_____. **Entrevista**. In: O desconhecido escritor Hélio do Soveral, autor de 150 livros. Estado de S. Paulo. 16 ago. 1975.

_____. **Currículo**. Documento datilografado. 198-. Fonte: Acervo de Hélio do Soveral, Rádio Nacional (EBC).